男爵令嬢は王太子様と結ばれたい（演技）

登場人物紹介

レイモンド

美貌の王太子。
根は悪い人物ではなく
地頭も良いのだが、
傲慢と評判で婚約者とも不仲。

ソフィア

貧乏な男爵家の令嬢。
教養のある由緒正しい貴族なのだが
わけあっておバカで夢見がちな娘の
フリをすることに……

ユーディル
レイモンドの腹心。
優秀な公爵令息で
レイモンドのことに頭を
痛めている。
ダイアナ
レイモンドの婚約者である
完璧な侯爵令嬢。
常に冷静で婚約者に対しても
どこか冷めている。
セグリット
ソフィアの兄。
人は悪くないのだが
いまいち頼りにならない。
リカルド
レイモンドの
取り巻きの一人。
腹黒いが頭の悪い貴族令息。

第一章　借金を負ってしまいました

「は？　ちょっと、何を言っているかわからないのだけど。お兄様、もう一度言ってくれない？」

夕食のあと、兄のセグリットによって居間に呼び出されたソフィアは耳を疑った。

「爵位を、返上することに、なった」

セグリットは目を伏せ、言いにくそうにもごもごとした口調で言った。

「……お父様？」

沈痛な面持《おもも》ちの父親に目を向ける。隣では母親が目元をハンカチで押さえていた。

父親からの返答はなかったが、その様子を見れば、セグリットが言っていることは真実なのだと否《いや》が応《おう》でもわかってしまう。

「一体何がどうしたらそんなことになるの？　そりゃあうちはものすごーく貧乏だけれど、爵位を返上しないといけないほど逼迫《ひっぱく》してはいなかったはずでしょう？」

領地から上がってくる税収は領地を維持していくのにほぼ費《つい》やされ、アーシュ男爵家の収入はとても少ない。使用人は家令一人だけ、ドレスはアレンジをしつつ着回し、屋敷の修繕も最低限、と家計を切り詰《つ》め切り詰《つ》め、なんとかここまでやってきた。同様の生活を細々としていけば、これからもやっていけるはずだ。

領内で大規模な災害があっただとか、作物が不作だとかいう話は聞いていない。今年の税収は大きく変わらないだろう。

だというのに、一体何がどうして爵位を返上するようなことになるというのか。

「まさか……犯罪……？」

「違う。断じて違う」

おずおずと聞いたソフィアに、セグリットは顔を上げ、力強く言い切った。ほっと胸をなで下ろす。もしも犯罪ならばとっくに逮捕されているだろうから、その可能性はない、と思い直した。

「じゃあどうして？」

「それは……」

セグリットが視線をさ迷わせる。

「借金を作ったのよ……！」

言葉の続かないセグリットの代わりに言ったのは母親だった。涙交じりの悲痛な声だった。

「借金？」

ソフィアがソファから立ち上がった。

「友人に、事業をしないかと持ち掛けられて……それで……」

「それが上手くいかなかったっていうの？」

「この子は詐欺《さぎ》に引っかかったのっ！」

わぁんと母親が泣き出した。

「詐欺《さぎ》……投資に失敗したならまだしも、詐欺《さぎ》……」

ソフィアはぼすっとソファに腰を落とした。

「上手くいけば、うちの財政も楽になると思って……」

「今すぐ返してもらいにいかないと！　返してくれないなら通報するわ……！」

「もちろんやった。だけど、外国に出てしまったようで、捕まらなかった。本当に申し訳ないっ！

爵位を返上する以外に返す当てがないんだ……！」

「そんなに借りたの……？」

国王へ爵位を返上して領地を返せば、領地に見合った一時金がもらえる。だがそれは貴族として
は最後の最後の最後の手段だ。

「伝統あるアーシュ家もこれで終わりよ……」

母親の涙は止まらない。

今でこそ貴族とは名ばかりの超のつく貧乏なアーシュ家だが、なんと建国から続く由緒ある男爵
家なのであった。

父親は先ほどからずっと押し黙っている。元から口数の多い方ではないが、あまりのつらさに言
葉も出ないのだろう。

ソフィアは三人の様子から、すでにこのことは決定事項であり、小手先の資金繰りなど全く意味
を成さないことを悟った。できることは全てやり尽くしたあとなのだ。

「……わかったわ。もうどうしようもないのでしょう？　学園にも行けないわね。明日から働き口を探すわ」

ソフィアは肩をすくめた。元来楽観的な質《たち》である。何もしようがないのなら、現実を受け止めるしかない。

「幸い私は家事全般ができるから、メイドとして雇ってくれる家はあると思うの」

まさか使用人が少ない貧乏暮らしが役に立つとは思わなかったが、不幸中の幸いだ。

貴族の端くれとして礼儀作法や教養はきちんと身につけているから、家庭教師《チューター》の職もあるかもしれない。

「その必要はない」

ここでようやく父親が口を開いた。重々しい口調だった。

「お前の嫁《とつ》ぎ先が決まった。一月《ひとつき》後に婚礼がある」

「え？」

寝耳に水の話だった。

「私まだデビューもしていないのよ？　なのに急に婚礼？」

貴族の娘たるもの、父親の決めた相手と結婚する覚悟はある。だが、こんな持参金もろくに出せないような貧乏男爵家の娘を好んで欲しがる相手がいるとも思えず、そういう話はないだろうと考えていた。

だからソフィアは、ちょっと頼りないセグリットを支えようと、領地経営の勉強に力を入れてきた。いっそ結婚しなくてもいいと思っていたくらいだ。

そこに降って湧いた結婚話。しかも婚約期間もおかずに一月《ひとつき》で婚礼を挙げるなど、理由は一つしかない。

「爵位の返上だけじゃ返済に足りないのね」

つまり、ソフィアが嫁《とつ》ぐ代わりに、その奇特な人は援助をしてくれるということなのだろう。

「ソフィにとってもいい話だ。相手は侯爵様なのだから」

セグリットが取り繕うように言うと、母親が涙声で叫んだ。

「いいものですか！　相手はあの好色ジジイですよ！」

ソフィアの頭の中に、好色ジジイの呼び名に相応《ふさわ》しい男性が三人浮かんだ。

父親がそのうちの一人の名を告げる。

「ブルデン侯爵だ」

デブでハゲで変態で使用人を虐《しいた》げると有名な御仁《ごじん》だった。若い娘を娶《めと》り、妻が歳をとると家から追い出し、また若い娘と再婚することを繰り返しているクソジジイである。

思い浮かべた中で一番嫌な相手だった。

「あんな男にソフィを嫁《とつ》がせなければならないなんて……！」

母親のハンカチは涙でぐっしょりと濡《ぬ》れていた。

「それも家を守るためではなくて、ただお金のために行かせるなんて、あんまりだわ」

ああ、それは言って欲しくなかった。

貴族の娘が親の決めた相手と結婚するのは、偏《ひとえ》に生家との繋がりを作り、盛り立てるためだ。

だがこの結婚話はそのためではない。

アーシュ家は貴族ではなくなるのだから。家の存亡などもはや意味を成さない。

ソフィアは男爵令嬢という肩書きがあるうちに侯爵家に嫁《とつ》ぎ、そして守るはずだった家はなくなる。

母親の言う通り、あんまりな仕打ちだった。言葉に出されるとなおさら心に突き刺さる。

「ソフィ、本当にすまない。お前にこんなことを押し付けてしまって。申し訳ないと思っている」

セグリットは両の拳を握りしめ、歯を食いしばっていた。心から悔《く》いているのだろう。

はぁ、とソフィアは心の中でため息をついた。

他に選択肢はないのだ。ソフィアがいかなければ、一家四人は借金にまみれて泥水をするような生活をしなければならなくなる。

「わかったわ」

セグリットはあからさまにほっとした顔を見せた。

「お母様、そんなに悲観しないで。侯爵夫人になれば、今よりもずっと贅沢《ぜいたく》な暮らしができるんだもの」

ソフィアは母親に、にこりと笑ってみせた。

むしろ、貴族の娘としては大出世だ。何人目かの後妻とはいえ、それでも高位貴族の一員になれる。

「ソフィ……」

「もし離婚するってなったら、慰謝料をふんだくれるだけふんだくってやるわ。だから私が出戻ってきたら、温かく迎えてね」

「えぇ、えぇ、もちろんよ。できるだけ早く戻ってきなさい」

「そうね。侯爵様に嫌われるように努力するわ」

ソフィアは視線を父親に移した。

「お父様、お相手を見つけてくれてありがとう。私、結婚はできないのじゃないかって思っていたの。相手は……ちょっと想定外だったけれど、そういう可能性もゼロではなかったし」

「すまない」

「いいの。家族のためなら頑張れるわ」

最後にセグリットを見る。

「私はお兄様が一番心配。これに懲《こ》りたら、もう二度とこんなことをしないで。家を復興できるって言われても乗っては駄目よ」

「ああ、ああ、もちろんだ」

セグリットはぽろりと涙をこぼした。

泣きたいのは自分の方だ、と思いながらぐっとこらえる。笑顔を作るのは貴族令嬢の嗜《たしな》みだ。嫁《とつ》いだあとは、きっと今以上に感情を隠さねばならなくなるだろう。

「お母様とお父様をよろしくね。お兄様が稼ぐしかないんだから。ちゃんと地道に働くのよ」

「わかっている」

ソフィアは再び父親を見た。

「何だか今生の別れみたいな雰囲気になってしまったけれど、これから私はどうすればいいの？」

「明日の午後、侯爵様との顔合わせがある。そのまま向こうの家に入って花嫁教育だそうだ」

婚礼を待たずして婚約者の家に入り、婚家のことを学ぶのはままあることだが、それにしても急である。婚礼まで一月《ひとつき》しかないのであれば、急がねばならないのはわかるが……

「では、明日に備えてもう寝るわ。顔合わせでいきなり寝不足の顔を旦那様にお見せするわけにはいかないもの」

張り付けた笑顔が崩れる前に、ソフィアはさっさと居間を出た。部屋へと向かう足取りは重い。

部屋に入ったあとは自分で夜着に着替える。侍女はいないのだから当たり前だ。顔と髪の手入れも自分でやる。

ベッドにごろりと横になると、見事な装飾が施《ほどこ》された天蓋《てんがい》がランプの火を反射していた。かつてのアーシュ家の栄華が垣間見《かいまみ》える。

天蓋《てんがい》だけではない。ソフィアの部屋にある家具や廊下にある絵画など、屋敷の中には代々受け継がれてきた値打ちのある物がたくさんあった。

それら全てを売り払い、爵位を返上しても返しきれない借金……。一体どれだけ借りたのか。

というか、よくそこまで借りられたな、とさえ思う。

きっと方々《ほうぼう》で借りまくったのだろう。セグリットは行動力だけはあった。

残った返済分をソフィアの身一つで購《あがな》えるのなら安いものだ。

ランプの火を消して、ソフィアは目を閉じた。

明日が実質的な初夜になるんだろうな、と憂鬱《ゆううつ》に思いながら。


窓の外から馬の嘶《いなな》きが聞こえて、ソフィアは目を覚ました。

カーテンの隙間から太陽の光が射し込み、布団の上に明るい線を引いている。

「やばっ！　寝坊したっ！」

ソフィアの朝は日の出と共に始まる。

朝一番にパンを焼く窯《かま》に火を入れ、こぢんまりとした表の庭の手入れ――どんなに貧乏でも見栄だけは張るのが貴族の矜持《きょうじ》である――や裏にある菜園の手入れをするのが日課だった。

なのに、すでに日がこんなに昇ってしまっている。

昨夜は早く寝ようとしたのに、突然知らされた二つの重大すぎる出来事が頭の中をぐるぐると回り、結局なかなか寝付けなかった。

誰も起こしに来なかったということは、そこまでの寝坊ではないはずだ。

最後だし寝かせてやろうという気遣いかもしれない。

それならばありがたかったが、いつまでもぐずぐずしているわけにはいかなかった。午後には好色ジジイ――もとい、未来の旦那様が迎えに来るのだ。急いで身支度を整えて荷造りをしなければ。

急すぎることなので全ての荷物を持っていけるとは思っていなかった。あとでゆっくり送ってもらえばいい。だが、最低限必要な物だけは今日持っていかなければならない。

着替えようと夜着を脱ぎかけたところで、ノックの音がした。

返事をする前に、バンッと乱暴に扉が開く。

「ソフィ！」

「お兄様？」

ソフィアはさっと肌を隠した。

「わ、悪いっ！」

真っ赤な顔でわめいたセグリットが、開いた時以上の勢いで扉を閉じた。

「ソフィ、お前に来客だ。急いで――できる限り急いで身支度を整えて降りてきてくれ」

「えっ、もういらしたの？　予定では午後からって――」

ドア越しにかけられた声に、ソフィアが答える。寝坊はしたが、まだ世間一般的には朝と言える時間だ。

そういえばさっき馬の鳴き声が聞こえた。あれは馬車だったのか。

「侯爵様ではない。できるだけ早く準備しなさい。むしろ今すぐ出てきなさい」

「でも私、今起きたばかりで、着替えどころか髪も何もしてないのよ？」

「いいから早くしろ。服も髪もどうでもいい。最低限の身なりを整えたら下に来るんだ」

セグリットが扉の前から去っていった気配がした。

「最低限って言ったって……」

姿見の前に立つと、洗ってもいない顔が見つめ返してきた。寝不足の顔を見せられないと言いながら目の下にはしっかりとクマができてしまっている。栗色の髪はぐっしゃぐしゃのぼっさぼさだ。

寝起きの女性に「今すぐ」はどうやったって無理だ。

結局、ソフィアが応接室に着いた時には、お茶を一杯飲み干せるほどの時間がたっていた。

「大変お待たせいたしました」

最低限の身支度を整えたソフィアが応接室に入ると、そこには父親とセグリットの他に、もう一人男性がいた。

黒いサラサラとした髪と黒い目を持つ、顔の整った男性だった。歳の頃はソフィとそう違わないだろうと思われる。

「我が娘、ソフィアです」

「ソフィア・アーシュでございます」

父親に紹介され、ソフィアは完璧な淑女の礼を披露した。

「ソフィア、こちらはユーディル・リンデ殿だ」

紹介を受けたユーディルは、にこやかな笑みを浮かべた。

「初めまして、ソフィア嬢」

リンデと言えば公爵家の家名だ。ユーディルはその跡取りであったはず。会うのはこれが初めてだが、ソフィアも名前だけは知っていた。

ソフィアは父親に促されるままに、ユーディルの正面に座った。

視線がソフィアの頭の上から下まで走って、ひどく気まずい思いをした。

最低限の身支度でいいと言われたから最低限にしたのだ。ドレスは見た目よりも着やすさを重視したし、コルセットだってきちんと締めていない。髪は編まずにハーフアップにしただけだ。

こんな高貴な人だなんて聞いていない！

内心では兄に罵倒《ばとう》を浴びせていたが、表面上の微笑みは絶《た》やさない。堂々としているのが一番なのだ。朝っぱらから先触れなしに来る方も悪い。

こんな辺鄙《へんぴ》な土地に公爵令息様がわざわざ来るなんて、一体何の用なのか。

じぃっと顔を見つめられて、ソフィアは淑《しと》やかに目を伏せた。穴が開くからそんなに見ないで欲しい。

父親に変わり、セグリットが口を開いた。

「ユーディル様は素晴らしい提案をお持ち下さった。お前にとってもいい話だ」

ソフィアは小首を傾《かし》げてセグリットを見た。素晴らしい提案とは何のことだろうか。

「うちの借金を肩代わりして下さるというのだ」

どうだすごいだろう、とばかりにセグリットは胸を張った。

すごいのはセグリットではない。いやこの話を呼び込んだのがセグリットなのだとしたら別だが。

「どういうことでございますか」

ソフィアはユーディルに顔を向けた。

「そのままの意味です」

ユーディルがまたにこりと笑った。麗《うるわ》しい。

「見返りは何でしょうか」

ソフィアは淡々と聞いた。

他人の借金を無償《タダ》で返済してやろうなどという奇特な人がいるものか。これまでリンデ家とは何の繋がりもなかったのだ。損得が絡んでいないわけがない。

「ユーディル様は、ソフィをレイモンド殿下の友人にしたいとのお考えだ」

セグリットがしたり顔で言った。

レイモンド殿下というのは、この国の王太子、レイモンド・シュルツ殿下のことだろうか。

その友人に自分がなる？　意味がわからない。しがない男爵令嬢の自分が？　意味がわからない。なんで自分が？　意味がわからない。

「どういうことでしょうか」

頭の中を支配する疑問符を顔に出さないように気をつけて、ソフィアは先ほどと同じ問いをユーディルに投げた。

「こちらも言葉の通りです。ソフィア嬢にレイモンド殿下のご友人になって頂きたいのです」

「友人でございますか」

「友人です」

「男爵の娘であるわたくしが」

「男爵令嬢であるソフィア嬢が」

「そうすれば、我が家の借金を肩代わりして下さると」

「ええ、肩代わりいたします」

「他に条件は」

「ありません」

「お恥ずかしながら、途方もない額なのでございますが」

「存じています」

ソフィアがぶつける問いに、ユーディルはよどみなく答えた。

途方もない額というのは、本当に途方もない額なのだが……ユーディルはちゃんとわかっているのだろうか。

ソフィアも具体的な金額を聞いたわけではないが、それにしたってものすごい額なのはわかる。

昨夜ベッドの中で羊を数えながら見積もってしまったのだから。

「わたくし、来月から侯爵夫人となることが決まっております」

ユーディルは「男爵令嬢であるソフィア嬢が」と言った。しかし、一月《ひとつき》後の婚礼をもってソフィアは侯爵夫人となる。

「その話はなくなります」

「なくなるとは？」

「借金の返済をしなくて済むのですから、ソフィア嬢が輿入《こしい》れをする必要はありません」

それもそうか、とソフィアは思った。借金返済のために婚姻を結ぶことになったのだから、借金がなくなるのであれば不要になる。

だが、婚姻はすでに決まったことだ。このような大きなことを、そう簡単に覆《くつがえ》してもいいものなのだろうか。

困ったソフィアは父親を見た。

「ブルデン侯爵にはこちらでお断りしておきますので、気になさらなくて結構です」

父親に先んじて、ソフィアの疑問を察したユーディルが答えた。公爵家——しかもバックには王太子がいる——から横槍が入れば、なるほど向こうも承諾せざるを得まい。

ならば、何の憂《うれ》いもないように思えた。

とはいえ話がうますぎる。

というか、王太子殿下の友人とはどういうことなのだろうか。

男性ではなく女性の友人とは？　まさか愛人になれということ？

「お父様とお兄様はどうお考えなのかしら？」

昨夜の時点で出なかった話なのだから、二人にとっても寝耳に水のはずだ。

「もちろんお受けするべきだ」

「お受けするしかあるまい」

セグリットは力強く頷《うなず》き、父親は重々しく言った。その横で母親も真剣な顔で頷《うなず》いている。

ですよねー。

破格すぎる申し出だ。これでアーシュ家は爵位を返上することなく存続できるし、ソフィアは好色ジジイに嫁《とつ》がなくて済む。

今後リンデ公爵家には頭が上がらないだろうが、吹けば飛ぶような男爵家ごとき、どのみち公爵家に逆らえはしないし、最悪領地を乗っ取られようとも、このままではどうせ手放すことになるのだ。

何も悪いことはないように思える。

だからこそ、ソフィアは簡単に頷《うなず》くことはできなかった。状況的にイエスと言う以外の選択肢はないのはわかっているが、安易に頷《うなず》いてはいけない気がしてならない。

「ソフィア嬢には納得した上で承諾頂きたいので、先に具体的な話をしましょう。二人だけにして頂いても？」

「もちろんです」

セグリットが快《こころよ》く了承してソファから腰を上げると、父親と母親も立ち上がった。父親からは心配そうな目線が送られる。

受けるしかないとは言いつつも、王太子の友人、という謎の役割を危惧《きぐ》しているのだ。もしかすると好色ジジイに手込めにされる方がマシかもしれない。

少なくともリンデ家には企《たくら》みがあるはずだった。ソフィアを王太子の友人にして、何をさせるつもりなのだろうか。

「ここから先は内密に願います」

ユーディルは一度立ち上がって扉を開けて廊下をのぞき、誰もいないことを確認してから口を開いた。用心深いことだ。

「はい」

ソフィアも神妙な顔で頷《うなず》いた。どんな言葉が飛び出すのかとどきどきする。

「レイモンド殿下の友人になって頂きたいというのは本当です。ソフィア嬢には王立学園に通い、殿下と親交を深めて頂きます」

「わたくしが王太子殿下のご友人になれるとは思えませんが」

なれと言われてなれるものではない。親交を深めるどころか、声をかけるのでさえ憚《はばか》られるほどの身分差である。

「心配には及びません。これは殿下の意向です」

「王太子殿下の？」

「そうです。殿下は令嬢のご友人をお望みです」

リンデ家が何かを企《くわだ》てているわけではないらしい。

「その友人とおっしゃっているのは、真実の意味での友人ですか？　恋人とか、あ……愛人、とかではなくて」

ユーディルは片眉を上げた。

「ええ、真実の意味での友人です。殿下には婚約者がおられますから恋人は募集しておりません。恋人や愛人であるならばもっと――」

ユーディルは言葉を切った。さっと視線がソフィアの体に走った。

ソフィアには何が言いたいのかわかってしまった。もっと見目のいい女性を選ぶ、と言いたいのだろう。

それはもっともだった。ソフィアは平凡な顔立ちだ。栗色の髪も目もよくある色で、背は高くも低くもなく、体つきも普通で、豊満でも痩《や》せてもいない。器量は悪くはないが特別良くもない。だがソフィアの見た目を言うのなら、友人にしたって、もっと可愛らしい令嬢の方がいいだろう。身分も低すぎる。何も男爵家の娘を選ばなくてもいいではないか。

「先ほど、王太子殿下には婚約者がいらっしゃるとおっしゃいましたね。確かローゼ侯爵家の方だったとわたくしも記憶しております。それなのに女のわたくしが殿下のお側にいたら、お邪魔ではないでしょうか」

異性の友人というのは珍しいし、婚約者のいる身で特定の女性との交流を深めるのはよろしくないだろう。

「それが狙いです」

ユーディルは頷《うなず》いた。

「王太子殿下は婚約を解消なさりたいのですか?」

「その逆です」

逆とは。

「婚約者のダイアナ嬢は殿下へ特別な想いを抱《いだ》いてはおらず、政略結婚としか考えていません。殿下は親しい女性の友人を作り、ダイアナ嬢の心を自分に向けたいとお考えです」

「つまり、わたくしに、王太子殿下と婚約者様の仲を盛り上げるための当て馬になれと……?」

「端的に言えばそうです」

なんと。

さすがのソフィアも絶句した。

二人の間に沈黙が落ちる。

「それは……逆効果なのでは……？」

そっとささやくようにソフィアは言った。

ユーディルはじっとソフィアを見つめたあと、気まずそうに目を逸《そ》らした。

「これは殿下の意向ですので……」

その言葉には逆らえない、か。

ソフィアは気の毒そうにユーディルを見た。公爵家などという王族に連《つら》なる高貴な家系に生まれていても、当たり前だが王族には絶対服従なのだ。もしかしたら、近いからこその無茶振りなのかもしれない。

それでもやっぱりこのやり方は良くない。

「王太子殿下はどうしてそこまで拗《こじ》らせておしまいになったのですか？　第三者のわたくしからは悪手にしか見えません。別の方法もあるのではないでしょうか」

「もちろん、殿下もこれまで一応の努力はされてきました。令嬢が喜びそうなことは一通りなさったのです。ですが、どれもダイアナ嬢の関心を引くことはできずじまいで、もう手は尽きたという状況です」

一応、という単語に引っかかりは覚えるものの、普通のアプローチをいくらしても効果がなかったのであれば、通常ではない手段を取りたくなるのもわからなくはない。

はぁぁぁぁ……と、ソフィアは内心で盛大なため息をついた。

「ではわたくしは、王太子殿下とイチャイチャして、婚約者のダイアナ様の嫉妬《しっと》を煽《あお》ればいいのでございますね」

「ええ。やりすぎない程度に」

それでダイアナの気持ちが完全に離れてしまっては本末転倒だ。

「男爵の娘であるわたくしが王太子殿下と一緒にいたら、相当な顰蹙《ひんしゅく》を買うと思われますが」

身の程知らずもいいところだ。

「それが本当の対価です。ソフィア嬢は今後社交界から爪弾《つまはじ》きにされるかもしれませんが、借金の額を鑑《かんが》みれば――」

ここでもユーディルは明言せずに言葉を濁した。

だが続く言葉を、ソフィアはまたしても悟ってしまう。安いものでしょう、と言いたいのだ。

事実安いと思う。なんたってアーシュ男爵家を守れるのだから。ソフィアの振る舞いによってアーシュ家も悪く言われるだろうが、家がなくなることに比べればかわいいものだ。

ようやくソフィアは納得できた。

王太子の友人となるだけでは、借金を代わりに返済してもらうだけの対価にはならない。むしろソフィアにとって得でしかない。

しかし、貴族社会から総スカンを食らうとなれば――それだって額の大きさには見合わないにしても——まだ理解できる。

「どうしてわたくしなのですか？」

「正直に言っても？」

「ええ」

申し出を受けることは最初から決まっていて、内容にも納得いった。あとは最後にこれだけ聞いておきたかった。だいたい想像はつくが。

「窮地《きゅうち》に陥《おちい》っていてつけ込みやすかったというのはあります」

身も蓋《ふた》もない言い方だった。実際足元を見られているとはいえ。

「ですが、一番の理由は、ソフィア嬢ではとても殿下のお相手は務まらないからです。平凡な容姿、低い身分、豊かでない生家。特別良いと言えるのは家が由緒正しいということだけ。万に一つも王太子妃にはなれないことは誰の目にもわかります」

ソフィアは目を軽くつむった。

わかってはいたけれど、他人の口から正面きって言われると応《こた》えるものがある。

つまりは、王太子がどんなにソフィアと仲の良い振りをしても、王太子の婚約者の座からダイアナが転げ落ちることは絶対にないし、それが明らかであれば、ソフィアを担《かつ》ぐ貴族も現れないだろうというわけだ。

「殿下がソフィア嬢に心を移せば話は別ですが、その可能性も万が一にもあり得ません」

「そうでございますね……」

王太子に見初《みそ》められたいとも王太子妃になりたいとも露《つゆ》ほども思っていないが、こうも自信たっぷりに言われると悲しいものがある。

「ソフィア嬢も殿下に想いを寄せたりしませんように。面倒なことになりますから」

「ご心配なく」

真剣な顔で言われ、ソフィアは断言した。王太子様に恋をするなんて畏《おそ》れ多い。

ソフィアは覚悟を決めた目でユーディルを見た。

「殿下のご友人という役割をご理解頂けたでしょうか？」

「ええ」

「この申し出を受けて頂けますか？」

「……はい」

ソフィアがため息交じりに頷《うなず》くと、ユーディルも満足そうに頷《うなず》いた。

「もう少々、男爵とお話ししたいことがあります」

「呼んで参ります」

ソフィアは父親を呼ぶために応接室を出た。きっと借金の肩代わりについての詳細を詰《つ》めるのだろう。

借金を作ってしまったことへの責任のつもりなのか、昨夜からセグリットが話を仕切っていたが、父親はまだ男爵位を譲っていない。セグリットが借金をしたにしても、それはアーシュ家としての借金になり、結果、責任を取り返済しなければならないのは父親であるアーシュ男爵なのだ。

「お兄様はとんでもないことをしてくれたわ」

突然の婚約決定を聞いた昨夜から動転しっぱなしだったソフィアだったが、ここにきてようやくセグリットへの怒りが湧いてきた。

ソフィアが好色ジジイに嫁《とつ》ぎかけたのも、王太子の友人という訳のわからない役割を仰《おお》せつかることになったのも、全てはセグリットのせいだ。

学園の入学まであと二ヶ月。それまでの間は徹底的にこき使ってやろうと心に決めた。

ユーディルを見送ったすぐあとに好色ジジイ——もといブルデン侯爵から連絡がきて、婚約は解消された。

しかも未発表で内々の段階だったため、婚約を結んだ事実そのものがなかったことになった。

ユーディルがアーシュ邸を出てから話をつけに行ったにしては早すぎる。ソフィアたちが提案を受け入れる前にすでに話はついていたのだ。

アーシュ家が断ることはあり得なかったにしても、ソフィアは釈然《しゃくぜん》としない気持ちになった。

数日後、ユーディルから王都のリンデ公爵家に来るようにと連絡がきた。当日の朝の連絡だった。なんと王太子との顔合わせをするという。

これには焦った。

王太子殿下との謁見《えっけん》である。王宮ではなく公爵家でではあるが、謁見《えっけん》であることには変わりない。

学園に入学すれば顔を合わせる機会は何度もあるだろうし、友人役を仰《おお》せつかったのならば毎日言葉を交わしてもおかしくはないのだが、慌ててしまうのは致し方ないだろう。

なにせ相手は王太子様。この国において国王に続いて二番目に偉いお方なのだ。

そういえば、公爵家嫡男《ちゃくなん》であるユーディルも、王族に連《つら》なる者として、何番目かの王位継承権を持っているはずだ。

重大な事実に思い至ってしまい、ソフィアはしばし呆然《ぼうぜん》とした。

先日さっくりと会話してしまった。

何か粗相《そそう》はなかっただろうかと今さら不安になる。嫌な顔はされていなかったと思うが、公爵令息様の仮面はさぞかし分厚かろう。そう簡単に感情を表に出すとは思えない。

いやいや、そんなことを悔やんでる場合じゃない！

しばらくして我に返ったソフィアは、居間に駆け込んだ。

「お母様！　私、何を着て行けばいいと思う？」

母親に助けを求めたのだ。というか、侍女がいないので母親にしか助けは求められない。

招待状を読んで事情を知った母親も、ソフィアと同様に慌てふためいた。

「公爵家からの招待状ですって？　王太子殿下と顔合わせ？　どうしましょう！」

が、そこは曲がりなりにも男爵夫人。すぐに立て直す。

「あちらはうちにお金がないことはご存じなのだから、普段の訪問着でいいでしょう。まさか夜会用のドレスを着て行くわけにもいかないのだし」

「で、でも、相手は王太子殿下なのよ？」

「そうは言っても、どうせ入学したらあなたは今あるドレスを着るしかないのよ。今日取り繕ったとしても仕方がないわ」

「それは、そうかもしれないけど……」

ここで母親が奮起《ふんき》して娘を飾ろうとしないのが、アーシュ家らしいところである。「上の人に取り入って家を盛り立てる」という野心がないのだ。夫婦ともに。

現アーシュ男爵は宮廷で職を得られなかったし、夫人も裏の女性社会を通じて夫の支えになろうという気概はなく、そこそこの付き合いをしているだけだ。

これは当代のみならず、代々のアーシュ家の気風だった。だからこんなに貧乏になってしまったし、一方で貴族同士の謀略《ぼうりゃく》に巻き込まれることなく家を存続させてこられたのだ。

そしてその気風は、少なからずソフィアにも受け継がれていた。

いい男を捕まえて玉《たま》の輿《こし》！　贅沢《ぜいたく》な暮らしをしながら婚家の力で父親を出世させ、あわよくば実家に子爵の爵位を！

なんて気はさらさらない。なにせ、結婚できなくても仕方ないか、と思っていたくらいである。

学園を婚活の場として目をギラギラさせる令嬢もいるらしいが、全くもって興味がなかった。

第一、恋というのがよくわからなかった。

下手に想い人ができて思い悩むより、結婚した相手と愛を育《はぐく》んでいく方がずっといいのではないだろうか。貴族社会では望んだ相手と結婚できることなど滅多にないのだから。

そういう家風と気質を知っていて友人役にソフィアを選んだとしたら、ユーディルはなかなかいい目をしていると言わざるを得ない。

「そうね。今から慌てても仕方がないわね。でもせめて、一番相応《ふさわ》しいドレスを選びたいわ。第一印象は大事だもの。お母様、一緒に選んでくれない？」

「もちろんよ」

無い物を出すのは無理だが、あるように見せることはできる。仮にも男爵家の娘としては、どうにか工夫して、精一杯の見栄を張る必要はあった。

母と娘の二人は、ソフィアの部屋のクローゼットを開けてドレスを引っ張り出し、ああでもない、こうでもないと悩み始めるのであった。


「貧相な女だな」

リンデ公爵邸にて謁見《えっけん》した王太子から開口一番飛び出したのは、そんな言葉だった。

あれからソフィアはなんとかできる限りの身支度を整え、ユーディルが寄越してきた馬車――アーシュ家は馬車を所有していない――に乗り、遠路はるばる王都まで来て、大きすぎる屋敷の豪《ごう》奢《しゃ》な応接間に通され、緊張しながらユーディルと王太子が来るのを待った。

ユーディルに案内されてやって来たレイモンド王太子を見て、ソフィアは息を止めた。

自宅でユーディルに会った時もひどく顔の整った人だと思ったが、レイモンドはそれ以上に整っていた。

きらきらと輝く明るい金色の髪には、緩くウェーブがかかっている。染み一つない肌は透けるよ

うに白く、瞳は夏の空の青く澄んだ色。まつげは濃く、唇は紅でもひいているのかと思うほどに赤い。服はシンプルだったが、ソフィアにも一目で最高級品だとわかった。実家で古いながらも良い物は見慣れている。

絵画から抜け出した天使のような見た目のレイモンドだったが、ソフィアに視線を向けた途端、形の良い両眉は寄せられ、口角が下がった。

そして吐き出されたのが冒頭の暴言だ。

「ソフィア・アーシュと申します。お目にかかれて光栄です、レイモンド王太子殿下」

ソフィアは美しい所作でカーテシーをし、笑顔を保ったまま挨拶した。

「ふん、見た目はアレだが、礼儀はあるのか」

「殿下。これから協力して頂くのですから……」

鼻で笑ったレイモンドを、さすがにユーディルがたしなめる。

ソフィアは変わらず微笑んでいた。それ以外の表情ができようはずもない。

レイモンドに座れと言われ、ソフィアは腰を下ろした。その言い方もずいぶんと尊大だった。

「ディルが話した通りだ。学園に入ったあと、お前にはわたしの友人として振る舞ってもらう。だが勘違いはするな。あくまでも演技だ。必要以上に近づくな。お前からわたしに働きかけることは禁じる」

「心得ております」

レイモンドの目をしっかりと見て、ソフィアは小さく頷《うなず》いた。

「話は以上だ。あとはディルに任せる」

「殿下、これからのことをお話しになって下さらないと」

「入学時は初対面のはずだ。下手に知り合ってはおかしなことになる」

「殿下！」

立ち上がったレイモンドをユーディルが止めたが、レイモンドはそのまま部屋を出ていってしまった。あっという間の出来事だった。

レイモンドを見送るのだろう、ユーディルまで部屋を出ていってしまい、ソフィアは部屋にぽつんと残された。

——何、今の？

ソフィアは思いっきり顔をしかめた。

王太子とはいえ、令嬢に対する態度とは思えない。天使と見紛《みまご》うほどの美しい顔から吐き出された言葉だけに、ギャップもすごかった。

見た目はソフィアが思い描いていた王子様そのものだった。肖像画とそっくりそのままの人物を初めて見た。通常は何割増しかにして描くものなのに。

だが、中身はそうではないらしい。

いや、きらきらとした王子様らしくない中身も想像はできていたのだ。外見に驚いたソフィアの頭から吹っ飛んでしまっていただけで。

レイモンドの評判はあまり良くない。巷《ちまた》でこそ大層美しいということで人気《ひとけ》があるものの、貴族の間では気位が高くて気難しい——つまり、偉そうでわがままだという話だった。

それにしたって……少しくらいは取り繕うものではないのだろうか。なにせ初対面である。

これから浅からぬ付き合いになるのだから、初めから本性を明かしておこう、ということなのか。

それとも、最初が最悪ならあとは関係が良くなるしかない、ということなのだろうか。

第一印象は大事——などと思った自分がばからしくなって、ソフィアはソファの背もたれに体を預けた。

あの調子だと、ソフィアがこれよりも幾《いく》ばくかマシな身なりをしていたとしても、同じことを言ったに違いない。王太子が身につけていた物と比べたら月とスッポンだ。スッポンが亀になったところで、違いに気づくこともないだろう。

婚約者にまでこの態度ってことはないわよね？

さすがにそれはないか。好きな子を虐《いじ》めたくなる子どもでもあるまいし。

ソフィアがそれまで手をつけていなかったティーカップに口をつけた時、ノックの音がして、ユーディルが入ってきた。

「お待たせいたしました」

ソフィアは背筋を伸ばし、一瞬で令嬢の仮面を被った。

「いいえ」

「本当は殿下を交えてお話しするつもりだったのですが……」

そう言って、ユーディルはサイドテーブルに置いてあった紙束を手に取り、ソフィアに差し出した。

ソフィアは、一枚目の中央に書かれていた文言を見て固まった。

――ダイアナを惚《ほ》れさせろ！　恋のライバル大作戦――

何、これ？

「これは……？」

「殿下が手ずからお書きになった計画書です」

「手ずから……」

ソフィアは笑顔を維持しようとしたが上手くいかず、口元をひくひくと震えさせながら、表紙をめくった。

ざっと流し読みをする。読み進むにつれて、取り繕うこともできないほどに顔が引きつっていった。

王太子殿下は頭の血の巡りがよろしくない、という噂《うわさ》もあったが、あながち中傷というわけでもないかもしれない。

そこにはソフィアとレイモンドの出会いから、そのちょうど一年後に行われる夜会での出来事が書かれていた。

自分たちは学園の入学式で出会うらしい。ソフィアは新入生、レイモンドやダイアナは最終学年の生徒として。

「わたくし、最終的にレイモンド様と婚約することになっておりますが？」

「最後までお読み下さい。夜会にて殿下がダイアナ嬢との婚約を破棄し、ソフィア嬢との婚約を宣言したあと、ダイアナ嬢は殿下にすがりつき、涙を流して撤回を求めます。その行動に胸を打たれた殿下はソフィア嬢を捨て、ダイアナ嬢と改めて愛を誓う、という筋書きです」

ソフィアは目をつぶってこめかみを押さえた。

「茶番でございますね」

「茶番です」

思わず本音がぽろりとこぼれてしまったが、ユーディルがため息交じりに同意した。

「ここまで上手くいくのでしょうか」

ソフィアが計画書をぺらぺらと読み直しながら言う。

「殿下はそう考えておられるようです」

「ユーディル様のお考えは？」

ユーディルは肩をすくめた。口に出しては言えないということなのだろう。

ソフィアはダイアナの立場になって考えてみた。

「わたくしでしたら、もし婚約者がこのような行動を起こしたら、さっさと見限ってしまいそうですわ……」

レイモンドはソフィアをかわいがり、頻繁《ひんぱん》に茶会に招いたり、ドレスや装飾品を贈ったりするらしい。一方でダイアナに対しては冷たい態度をとる。

その行動にダイアナは焼きもちを焼き、レイモンドの愛が自分から離れていってしまっているのではないかと焦る。

——ことになっていた。計画書の上では。

「本当にこれを実行するのでございますか？」

好きなら好きだと素直に言って、正攻法で口説《くど》けばいいだろうに。すでにダイアナとは婚約しているのだから、これから時間はいくらでもある。

「殿下の意向です」

「レイモンド殿下はわたくしのことを良く思われなかったようですが」

「ご心配には及びません。殿下はきちんと演技して下さるでしょう」

演技とな。良く思っていないことは否定しないのか。

「それより不安なのはソフィア嬢の方です」

「わたくし、ですか……」

ソフィアは声を落として計画書の二枚目を見直した。

そこには友人の人物設定が書いてある。

天真爛漫《てんしんらんまん》。無邪気。素直。明るい。誰にでも優しい。前向き。声が大きい。天然。鈍感。空気が読めない。金や高級品に興味がない。男性にも気安い。礼儀作法に疎《うと》い。勉学が苦手。刺繍《ししゅう》が苦手。ダンスの腕は相手の足を踏まない程度。徐々にレイモンドのことを好きになる。

「わたくし、一通りの礼儀作法は身につけておりますし、勉学もそれなりに修めていて、刺繍《ししゅう》も手慰《てなぐさ》み程度にはできます。ダンスは兄と練習いたしました」

身なりや生活は質素でも、令嬢教育だけはしっかりと叩き込まれた。人前では指先まで意識した優雅な振る舞いができていると自負している。

「下手を装《よそお》うのなら可能でしょう。多少の差異は認められます」

「それにしても……」

残念すぎないか、この子。

男性にも気安いって、どうすればいいのだろうか。

「明るく振る舞ってレイモンド様につきまとい、周囲から冷たい視線を向けられても気がつかない振りをしていればよろしいのでしょうか」

「その通りです」

頭が痛くなってきた。

「わたくしも不安になってまいりました」

「やり遂《と》げてもらわないといけません。ご実家の借金のために」

そうだ。借金のためだ。ソフィアに拒否権はない。

「殿下のためにもダイアナ嬢が必要なのです。聡明なお方で、王妃教育も順調に進んでいます。王族の一員として殿下の補佐ができるとすれば、ダイアナ嬢を置いて他にはいません」

「このまま何もしなくてもダイアナ様は王太子妃になられるのですよね？」

「はい」

「ならばこのような小細工をしない方がよろしいのではありませんか？　下手につついて蛇《へび》が出てきたらどうなさるんです？」

「殿下の意向ですので」

ソフィアが何を言っても最終的には「殿下の意向」が全てのようだった。ソフィアが言うまでもなく、たぶんすでにユーディルの説得の言葉は尽きているのだろう。

いや、借金のあるソフィアとしては、やっぱりやめると言われたら困る。だから強行してくれるのはありがたいことなのだ。

ソフィアは頭を切り替えることにした。やることは確定だ。ならばどうやるかを考えるべき。

「わたくしがこの計画書通りに振る舞ったとして、ダイアナ様のお気持ちが想定通りになるとは限りません。もし作戦が失敗した場合はどうなるのでしょうか？」

失敗する予感しかしない。

「これは成功報酬です」

「そんな！」

最初の説明には入っていなかった。

「ではやめますか？」

「……いいえ」

成功する可能性がどんなに低かろうと、後付けの条件があろうと、ソフィアにはやると言うしかない。

ならば、友人役を完遂すべく努力するだけだ。成否がダイアナ次第なのであれば、ソフィアが頑張れるのはそこしかない。

ソフィアは再び計画書に目を落とした。友人の人物設定を凝視《ぎょうし》する。

「あの、もう少し、令嬢らしい人物にはできないのでしょうか？」

自分と真逆とは言わない。言わないが、いくら何でもこれはない。演じるにしたって、もう少しどうにかならないものか。

というか、普通の令嬢では駄目なのだろうか。

ユーディルも先日言っていたではないか。ソフィアの平凡なところがいいのだと。これでは平凡どころか奇抜すぎる。こんな貴族令嬢、存在するわけがない。

「無理ですね」

「そこをなんとか」

「殿下はこうと決めたら譲らない方ですから」

ソフィアは遠い目をした。

ゆくゆくは国王となるお方なのに、決めたら譲らない頑固な性格って……。大丈夫なのか、この国の未来は。

「わたくしのお友達はどういたしましょう？　いきなりこれほどまでにわたくしの性格が変わったら、不審に思われてしまいます」

お互いに屋敷を行き来するくらいの友達はいる。遠方の領地にいてなかなか会えない友達とは手紙でのやり取りがある。

「そこは学園デビューということで」

「無茶ではありませんか」

「無茶でもそういうことにして頂きます。もちろん、このことは絶対に他言しないように」

「存じております」

ああ、友達もなくすのか、と思った。みんな気の合ういい友達だったのに。泣きたい。

「やり遂《と》げる他ありませんよね……」

「ご理解頂けて何よりです」

提案を持ってきた時に全部先に言って欲しかったな、とは思ったが、さっきも思ったように、先に言われようとあとで言われようと、ソフィアがやることには変わりない。

「内容は覚えましたか？」

「え？」

まだ流し読みしただけだ。だいたいの流れしか頭に入っていない。

「今すぐ暗記して下さい」

「今ここで？」

「はい。それは処分しますので」

さも当然、とばかりにユーディルが言う。

ソフィアは数枚に渡ってびっしりと書いてある計画書を見て気が遠くなった。

「この量を今すぐというのは……」

ユーディルは眉をひそめた。なぜできないのかと言わんばかりだった。

公爵令息様ともなると、一目見ただけで暗記できてしまうのかもしれない。凡人とは頭の出来が違うのだろう。しかし凡人中の凡人であるソフィアには無理だ。

「仕方がないですね」

ユーディルが頭を振ったので、ソフィアはほっと息をついた。

「家の者も含め、誰にも見られないようにし、できるだけ早くお返しいたします」

「何をおっしゃっているんですか？　持ち帰って頂くわけにはいきません。覚えるまでここに通って頂きます」

「え」

冗談かと思いきや、計画書の内容を一字一句完璧に――それこそ暗唱できるほどに――覚えるまで、ソフィアは本当にリンデ公爵家に通ったのだった。

第二章　作戦開始です

計画書を暗記したあとも、レイモンドの友人像を完璧に演じるべくユーディルの監督のもと練習を重ねているうちに、とうとう入学の日がやってきた。

学園の正門に借り馬車で乗り付けたソフィアは、御者《ぎょしゃ》を待たずに自分で扉を開け、ひらりと飛び降りた。

「ありがとうございました！」

大きな声でお礼を言い、ぶんぶんと大げさに手を振る。顔には満面の笑みを浮かべて。

御者《ぎょしゃ》が馬車を動かすと、ソフィアはくるりと踵《きびす》を返して学園の敷地内へと駆け込んだ。

——まずは、第一段階クリア。

どきどきとうるさい胸を手で押さえる。

整えられた前庭が珍しいというように、わざときょろきょろとしていると、チラチラと冷たい視線が突き刺さってくるのがわかった。

大声を上げるのも走るのも令嬢として褒められたものではない。何だあの娘はと思われていることだろう。

視界の端に知り合いがいて、口に手を当てて驚いているのが見えたが、ソフィアは見なかったことにした。彼女たちの知っているソフィア・アーシュはもういないのだ。

借金のため家のため家族のため。

魔法のように唱え続けてきた言葉を胸の内で繰り返す。羞恥心《しゅうちしん》に負けるわけにはいかない。

門から校舎までは長い直線の石畳の道が敷かれている。左右には花壇があり、さらに外側にはトピアリーが並んでいる。

その途中、校舎に近い辺りに大きな噴水がある。

ソフィアは噴水の周囲に視線を走らせた。

——いた。

令息たちに囲まれて、金色の頭が陽光にきらきらと輝いているのが見えた。その隣には黒い頭もある。レイモンドとユーディルだ。

見つけたところで第二段階クリア。

速度を落として近づくと、周囲の令息たちよりも頭一つ分以上背の高い二人の顔がはっきりと見えた。

レイモンドの正面にいる令息が一生懸命に話をしているが、レイモンドは大して興味もなさそうな表情をしていた。先日のソフィアへの尊大な態度といい、普段からあんな感じなのだろう。

ソフィアは周囲を見回す動作を大きくした。顔を左右だけでなく斜め上下にも動かし、時にはくるりと後ろを振り返ったりしながら、だんだんと噴水との距離を詰《つ》めていく。

ぶつかって、支えてもらう。ぶつかって、支えてもらう。

ちらっとユーディルがソフィアを見た。ユーディルから合図を受け、レイモンドも青い瞳をソフィアに一瞬だけ向ける。

ぶつかって、支えてもらう。

――噴水のすぐ側で談笑しているレイモンド。そこによそ見をしていたソフィアがぶつかってしまう。よろけてあわや噴水に落ちるかと思われたソフィアを、レイモンドがスマートに腰を支えて助ける。

それが、ソフィアとレイモンドの運命的な出会い（注：レイモンド監修）だった。

ソフィアとレイモンドとの間にいた令息を、ユーディルがさりげなく移動させ、レイモンドまでの進路が確保された。

初めて訪れた学園に感激しているように、これからの学園生活に期待するように、ソフィアは軽やかに足を運んだ。これで歌でも歌えば立派な歌劇だ。

ソフィアはレイモンドの斜め後ろに狙いを定めた。

軽く体を当てて、噴水の方へとよろければいいだけだ。レイモンドと合わせたことはないが、ユーディルとは何度も練習した。

大丈夫。大丈夫。

正門からここまでの短い間に、ソフィアは十分に注目を集めてきた。この出来事はたくさんの生徒たちが目撃することになるだろう。

ソフィアは円錐形に刈り込まれたトピアリーの一つをぼーっと見つめて前方から目を逸《そ》らし、足取りを緩めないように注意して、レイモンドへと体当たりした。

「きゃっ」

「おっと」

とんっと軽く体を当てた瞬間、振り返ったレイモンドの腕が勢いよくソフィアにぶつかった。体が後ろに傾く。

え？

片足を後ろに下げて踏みとどまろうとするも、踵《かかと》が噴水の縁石にぶつかってしまう。倒れる勢いを殺せない。

その腰にレイモンドの腕が回った。

「ぐっ」

レイモンドが歯を食いしばり――

「きゃぁっ」

ばっしゃーんと派手な音を立て、ソフィアとレイモンドは噴水に落ちた。

両肘で上体を支えるソフィアの上に、レイモンドが覆《おお》い被さっていた。片膝《ひざ》がソフィアの足を割っている。

彫刻のように整った顔が触れそうなほどすぐ目の前にあって、ソフィアは目を見開いた。

同じく見開かれたレイモンドの目と目が合う。

水しぶきで濡《ぬ》れた前髪が額《ひたい》に張り付いていて艶《なま》めかしい。伝った水滴が、ぽたりぽたりとソフィアに落ちてくる。長い金色のまつげにも水滴が乗っていた。

キャーーーッと周りから悲鳴が上がった。

その声に我に返ったのだろう、呆然《ぼうぜん》としていたレイモンドの顔が、一瞬にしてゆがんだ。

「ちっ」

体を起こしたレイモンドが舌打ちをして、片手で前髪をかき上げた。その色っぽい仕草に、先ほどとはまた違う悲鳴が上がる。

レイモンドは立ち上がると、ソフィアを置き去りにしてじゃぶじゃぶと噴水から出た。手を貸さないどころか、目もくれなかった。

去り行くレイモンドを目で追っていたソフィアの頭に、ばさりと布が掛かった。

「えっ？」

「そのままで」

慌ててそれを取ろうとすると、布越しに頭を手で押さえられた。押さえたのはユーディルで、布はユーディルの上着だった。

「濡《ぬ》れてしまいます」

「その格好を人目にさらすのはよろしくありません」

確かにびしょ濡《ぬ》れの姿をさらすのは良くない。コルセットが透けてしまっているかもしれない。

ソフィアはユーディルの厚意をありがたく受け取り、上着を羽織《はお》った。

「全く、なんということをしてくれたのだ！　わたしが衆目の中あのような無様をさらすなど……！」

「申し訳ございません……」

放課後、学園の庭園の一つで、ソフィアはレイモンドを前に小さくなっていた。

真っ白なクロスが掛けられたテーブルの上には、バラが描かれたティーセットが置いてある。

席についているのは、レイモンドとユーディル、そしてソフィアの三人だけだ。

入学初日に災難に遭った新入生を王太子が気遣った結果の茶会だ。

大丈夫かの一言もなかったレイモンドにそんな気遣いなどあろうはずもないが、ユーディルによりそういうことになった。

王太子を噴水に引っ張り落とす（厳密にはソフィアが引っ張ったわけではない）という大事件を起こしたソフィアは、放課後入寮するはずだった自室で別のドレスに着替え、朝一番の講義に遅れて出席した時には、すでに他の生徒たちに遠巻きにされていた。

ひな壇の席に座った途端、周りの生徒がさっといなくなったのは結構応《こた》えた。

休み時間に友人たちが話しかけてきてくれたが、ソフィアは友人の演技をせざるを得ない。

そのあまりの変わりように戸惑った彼女たちは、すぐに離れていった。

「まあまあ、ソフィア嬢との顔合わせの演出はできましたし、こうして茶会を開く口実にもなったわけですから」

ユーディルがレイモンドをなだめる。

「それに、殿下がソフィア嬢を支えて差し上げなかったからですよ。しかも助け起こしもせずにそのまま放置したのはまずかったですね」

「こいつが重すぎるのが悪い」

レイモンドがあごでソフィアを指し、ふんっと鼻を鳴らした。

「おもっ……!?」

女性に重いとか言う？

「腰だってダイアナの倍はあるのではないか」

さっとソフィアの顔が赤くなった。

確かに同年代の女性と比べて細くはない。ややふっくらしているかもしれない。

だけど、だけど……！

「に、二倍もございません！」

「言葉のあやだ。真に受けるな」

「わかっておりますっ！」

呆れた顔を向けられて、ソフィアの顔がさらに赤くなる。

「恥じるくらいなら節制しろ」

ぐぅの音《ね》も出ない。

いいえ、とユーディルが言う。

「ソフィア嬢は標準体型です。ダイアナ嬢ほど細くないのはコルセットであまり締め付けていないせいでしょう」

「なら締めろ」

締めてくれる侍女がいないんですぅっ！

自分でするにはこれが限界なんですぅぅぅぅっっ！

なんて言い訳をしても身内の恥をさらすだけなので、ソフィアは手を握りしめて黙っていた。

それに、締めたところであのダイアナほどウエストが細くなるとも思えなかった。

ユーディルが茶会への招待をソフィアに告げに来た時、その横を、濃い金色の髪を縦に巻いた美女が、一瞬ソフィアに視線を向けて通り過ぎていった。

ソフィアは一目でこの令嬢がダイアナなのだと確信した。

レイモンドと並んでも見劣りしない外見。自然とにじみ出る気品。ただ歩いていただけなのに、その動作さえもが優美だった。

連れ立って歩く他の令嬢とは比べるべくもなかった。

すぐさまユーディルに確認すれば、当然のように肯定の言葉が返ってきたのだ。

「……だいたい、レイモンド様が押したんじゃない」

「何？」

「いえ、何でも――」

ぼそっと呟いた声をレイモンドに拾われてしまい、ソフィアは慌てかけたが、はっとひらめいた。

「レイモンド様が私のことを押したのが悪いって言ったんです。振り返った時に腕が当たったじゃないですか」

「な、何だ、その口の利《き》き方は！」

「レイモンド様のご友人ならこのくらいの口調は普通だと思いますけど？　天真爛漫《てんしんらんまん》で礼儀作法に疎《うと》い、んですよね？」

ソフィアがにこりと笑ってみせると、レイモンドはぐっと口をつぐんだ。その横ではユーディルが感心したように頷《うなず》いている。

ふふん。勝ったわ。

「ボロが出ては困るので、計画の間はずっとこの口調でいますね」

人前では気安く、そうでない時にはいつも通り、と使い分けるつもりだったが、この際だから統一してしまおう。

この口調を普段から使うのは恥ずかしいことこの上ない。しかし、家の中での口調をやや崩せばいいのであれば、それほど難しくはない。

幼い頃に領地の平民の子どもに交じってやんちゃしていた頃の経験が、こんなところで役に立つとは、人生とはわからないものである。

「それではレイモンド様、私そろそろ失礼しますね。講義に遅刻した分の課題をやらないといけないので」

目を白黒させているレイモンドに向かってそう言い、ソフィアはさっと立ち上がった。

「ちょ、おい、わたしの茶会だぞ？」

主催者の返事を待たない以前に、王太子が席を立つ前に退出するのは、マナー違反を通り越して無礼ですらあった。

「私たち、お友達ですよね？　お友達に上下関係はないんですよ」

言い聞かせるようにゆっくり言うと、レイモンドはさらに目を丸くした。珍獣でも見たかのような顔だった。

王太子はこんな風に雑に扱われたことがないのだろう。同性の友人はいるだろうが、上下の全くない人間関係など王族にはあり得ない。

だが、これはレイモンド自身が望んだことなのだ。ソフィアはあくまでもその意向に従っているだけ。

失礼なことを言われたのだから、これくらい仕返ししたっていいだろう。

内心ほくそ笑んだソフィアは、ぽかんとしているレイモンドを置いてその場をあとにした。

＊　＊　＊　＊　＊

「な、な、何だ、あの娘は！」

「ソフィア・アーシュ嬢。アーシュ男爵家のご令嬢です」

ソフィアが立ち去ったあと、わなわなと声を震わせて叫んだレイモンドに、ユーディルは淡々と答えた。

「知っている！　名前を聞いたのではない！　何だあの態度はっ！」

「ご友人として至極真っ当な態度だったと思いますが」

「わたしは友人にあのような態度をとられたことはない！」

「殿下……」

ユーディルは可哀相な子を見る目でレイモンドを見た。レイモンドが友人と呼んでいる令息たちは、ひたすらに王太子を持ち上げ気持ちよくするだけの存在だ。真の友人ではない。

「お前だってあのような態度はとらないだろう！」

「私は殿下の臣下ですので」

「臣下と言うなら、貴族はみな王族の臣下だろうがっ！」

「友人に、とお望みになったのは殿下ですから」

ユーディルは涼しい顔で紅茶を飲んだ。

「あの娘は駄目だ。変えろ。もっと器量が良くて礼儀のある娘がいい」

「今からは難しいですね。それにソフィア嬢は家柄も境遇も最適です。下手に良い所のご令嬢を選んでしまうと、引くに引けなくなりますよ」

「それにしたってあれはないだろう。わたしを誰だと思っているのだ」

「ちゃんと王太子殿下であることは把握されています。問題ありません。たった一年です。ご辛抱《しんぼう》を。それとも、ご自分で立てた計画を早くも中止にいたしますか？」

レイモンドはぶつぶつと文句を言っていたが、やめるとは言わなかった。

一方のユーディルは、ソフィアの振る舞いに満足していた。

レイモンドが噴水に落ちた時には肝が冷えたものの、レイモンドの希望通りに周囲への印象深い出会いを演出できた。

レイモンドは今まで特定の令嬢と仲を深めることはなかったが、ここまで大きな事件を起こせば、きっかけとしては十分だ。

噴水に引き込まれてびしょ濡《ぬ》れにされた相手を許すことにより、寛容《かんよう》さを示せる。これまでのレイモンドであれば、感情のままに即刻処罰を言い渡していた場面だ。

レイモンドはその傲慢《ごうまん》な振る舞いから非常に評判が悪い。

さすがに王太子としての資質を問う声が上がるほどではないが、いざ王位を継承するという段になれば、何らかの不満の声が出る可能性はある。

ほんの少しではあっても、悪評が払拭《ふっしょく》されるのはいいことだ。

加えて、ソフィアのずけずけとした態度にわずかに期待を寄せているところがあった。

レイモンドに告げたように、当然ながら、これまでレイモンドにあそこまで直接的な物言いをした人物はいなかった。敬《うやま》われるのが当然のレイモンドには我慢がならないだろう。

だが、レイモンドが自身の計画に飽きるまでは、それを強《し》いられることになる。我慢を知らないレイモンドに何らかの影響を与えられるのでは、と思った。

＊＊＊＊＊

王太子殿下噴水落下事件のあと、ソフィアとレイモンドは急速に接近した。二人が裏で示し合わせているのだから当然である。

レイモンドは頻繁《ひんぱん》にソフィアを放課後の茶会に誘った。参加者はユーディルを加えた三人だけだ。これも作戦の一環であるので、屋内のサロンではなく庭園で開かれた。レイモンドとソフィアの仲が良い所を周囲に見せつけるのが目的なのだ。

学年の違う二人は講義も違い、そのくらいしか接点を作りようがなかったからなのだが、これまでの二年間でレイモンドが学園で茶会を開くことはなかったし、他の生徒の誘いを受けることもあまり多くはなかったため、茶会を主催してソフィアばかりを招くというのは、かなりの効果を発揮した。

レイモンドがソフィアを構う理由は「王位に就《つ》いた時のために、ソフィアから庶民的な暮らしぶりを聞いている」となっている。要はアーシュ家の貧乏節約生活に興味を持ったということだ。

計画書では特に理由は決まっていなかったのだが、これはなかなかいい案だった。

アーシュ家ほど庶民的な暮らしをしている生徒が他にはいなかったからである。

没落寸前の家は他にもあるが、ちょうど同じ年代の子女はおらず、学園に通っている生徒の中ではソフィアが唯一だった。

アーシュ家の長年の窮状《きゅうじょう》（もちろんセグリットの借金はここに含まれていない）は貴族社会においては周知のことだったので、この理由は簡単に受け入れられる——わけはなかった。

あっという間にソフィアは「身の程知らずにも王太子殿下につきまとう浅ましい娘」というレッテルを張られた。

想定通りである。

しかしそこから先がなかなか進展しない。

男爵令嬢ごときに王太子がどうこうなるわけがないと思われているのだ。思われすぎても困るのだが、全く思われないのも困る。ダイアナには、多少の危機感は持ってもらわなければならない。

数日おきに放課後にレイモンドと紅茶を飲んでお菓子をつまむだけの生活が、一ヶ月、二ヶ月と続いた。侍女のいないソフィアが口を利《き》くのは教師とこの二人のみ、というぼっちな日々だった。

「こいつでは駄目だ！」

とうとうレイモンドがそんなことを言い出した。とりあえず人を指差すのはやめて欲しい。

「こんなちんちくりんでは成果が出ないのも当然だ」

「ちんちくりん……？」

常日頃から色々と文句は言われ慣れているが、さすがにこれにはムカついた。

「レイモンド様の演技が下手なんですよ。いつもいつも仏頂面《ぶっちょうづら》で。たまには笑顔でも見せたらどうなんですか」

そんな態度では、いつまでたってもダイアナは危機感を持たないだろう。

「いいや、お前が悪い。わたしと会話をしているのだから、頬《ほほ》の一つも染めてみせろ」

それは無理な相談だ。

初見ならまだしも、中身がこれだと知ってしまったら、そう簡単にはときめかない。

せめて無表情であれば、と思う。

会話が途切れた時や、何か考えごとをしている時であれば、ソフィアだって見惚《みと》れることもなくもない。何だかとても悔しいが。

こうして太陽の下にいると、尚《なお》さらその美貌《びぼう》が引き立つ。

陽光を受けて天使の輪が浮かぶ金色の髪。日焼けを知らない白い陶器のような滑らかな肌。澄んだ青い瞳。やや色づいた頬《ほほ》に落ちるまつげの影は長く、鼻筋は通っていて、唇は熟《う》れた果実のように赤い。

もしもソフィアの言う通りに優しく微笑みでもすれば、身近に美男美女がいる上流階級の女性だって一発ノックアウトだろう。ソフィアも動揺すると思われる。とてもとても悔しいが。国王も亡き王妃も、弟のフレデリックも文句のつけようのない美形だが、その中でもレイモンドの顔は奇跡とも言える造形だった。

しかし如何《いかん》せんこの表情とこの性格。何もかもが台無しである。

「ダイアナ様は、よっぽどレイモンド様にご興味がないんですね」

「何だとっ？」

ソフィアだってこの短い間に嫌というほどわからされたのだから、婚約者であるダイアナは身に染みているだろう。迷惑だってたくさん被《こうむ》ってきたに違いない。

ダイアナはレイモンドの顔を見慣れているだけに、中身が余計に気になってしまうということさえあり得る。

ダイアナを惚《ほ》れさせろ大作戦決行中の身としてはそれでは困るのだが。

「レイモンド様がもっとおモテになる方でしたらこんなことをしなくて済んだのに……。モテない殿方は大変ですね」

「お前なんか婚約者もいないくせにっ！」

「良かったじゃないですか。私が独り身じゃなきゃ、こんなバカげた計画に協力してくれる令嬢なんていませんでしたよ」

「バカげ……っ!?」

本当は一瞬だけ婚約者がいたのだが、ソフィアはいなかったことにした。婚約の話自体がなかったことになったのだから、最初からいなかったのと大差ない。

本当は、借金を肩代わりしてもらっているのだから、助かっているのはソフィアの方だし、王太子の頼みとあらば協力する家は他にいくらでもあるだろう。

だが、レイモンドはそれを口にはしない。それを言ったらお終《しま》いだからというわけではなく、単に口げんかが得意ではないようだった。

「お前など、お前など……っ、そのような礼儀も何もなっていない娘を娶《めと》ろうという家もないだろうからなっ！」

「な……！」

悔しまぎれに言い放ったレイモンドの言葉に、ソフィアは反論する。

「計画書にそうお書きになったのはレイモンド様ではありませんか！　わたくしはその通りに演技しているだけですわ！　そのお言葉は撤回して下さいませ！」

こんなに頑張ってるのに、なんでそんなふうに言われなきゃならないの⁉

口調や態度を崩すのはまだしも、相手の身分を無視して振る舞うのも、空気を読まない振りをするのも、これでも相当に神経を使っている。

染み着いている令嬢教育は、人目のある所では指の先まで優雅であるように、と強制してくる。

それを意識して緩めるのは、本当に、本っ当に大変なのだ。

突然令嬢らしい口調になり、やや力を抜いた姿勢からぴしりと背筋を伸ばしたソフィアを見て、レイモンドは目を見開いた。

「殿下、顔合わせをした時のソフィア嬢はきちんとしたご令嬢でしたでしょう？」

「そ、そうか……そうだったな……」

レイモンドがうわ言のように言った。結構な衝撃だったらしい。失礼な。

「全く……計画だけじゃなくて、記憶力もおバカなんですね」

リラックスした姿勢に戻し、ソフィアはやれやれと頭を振った。

その言葉に、はっとレイモンドが我に返った。

「ディル！　早くこいつの代わりを見つけてこい！」

だから指を差さないで欲しい。

「まあまあ、そうおっしゃらずに。ソフィア嬢も、ダイアナ嬢に全く構ってもらえない殿下のお気持ちを察して差し上げて下さい」

「そうですね……」

ソフィアが頬《ほほ》に手を当てて、おかわいそうに、と呟くと、レイモンドは顔を真っ赤にして怒り出した。

怒鳴り声を馬耳東風《ばじとうふう》と聞き流しながら、ソフィアも内心は困ったなぁと思っていた。このままダイアナの無反応が続けば、本当にお役御免になってしまうかもしれない。

レイモンドのイライラが頂点に達してしばらく、そしてソフィアが焦り出した頃、ようやく動きがあった。

その時ソフィアは、教師に言いつけられて、授業で使った備品を片づけに準備室に向かっていた。抱えている木箱はそれなりに重く、男子生徒に命じるべきなのではと思うし、せめて付き人のいる令嬢に言えばいいのにとも思う。

だが、表向きは平等を謳《うた》っている学園とはいえ、それほど家格の高くないその教師にとっては、男爵令嬢であるソフィアが一番頼みやすいのは事実だった。

そしてソフィアの方も、軽々とは言わないまでも持ててしまうのである。実家では、購入した食材の入った木箱を運ぶなんてことはよくあった。

王太子殿下の友人としての人物設定的にも、断るという選択肢はない。

むしろ積極的に請け負うまである。

木箱を持ち上げる時には「よいしょっと」と声を上げるに違いなく、ソフィアもその人物像に忠実に、ちゃんと講義室で声を上げてきた。

生徒があまり行き来しない校舎の端の方まで来て、廊下を曲がった時。

誰かとぶつかりそうになった。

「きゃっ」

「わっ！　ご、ごめんなさいっ！」

見れば豪華な金髪縦ロールの絶世の美女――ダイアナだった。

「ソフィア・アーシュ……」

突然のことに驚いたソフィアを、さっと扇を広げたダイアナがじっと見つめてくる。

そして、すっと目を細めた。

「このところレイモンド様と親しくされているようですが、あまり大っぴらにされない方がよろしくてよ。調子に乗らない方がソフィア嬢のためですわ。——どうせ結末は決まっているのだから」

声は優しげなのに、全く目が笑っていなかった。それどころか、たぶん扇で隠れた口元も笑っていない。

後半は声のトーンをぐっと落とし、脅迫でもしているかのようだった。

その迫力に、ソフィアは圧倒されそうになった。

だが、ここで怖《お》じ気《け》づいてはいけない。

ダイアナは、自身が王太子妃になる未来に確信を持っているのだ。

その上で、ソフィアの行動は無駄だからやめておけ、と言ってきている。

それでは困る。焦ってレイモンドに手を伸ばしてもらわなければ。

王太子の友人ならどう返すか。

「調子に乗るっていうのは、どういう意味ですか？」

木箱を持った手が汗で滑りそうになりながらも、内心の動揺を顔に出さないように努め、ソフィアはきょとんと首を傾《かし》げた。

「おわかりにならないのなら結構」

ダイアナはパンッと扇を閉じて冷たく言い放つと、ソフィアの横を抜けていった。

その姿が廊下の先に消えるのを確認してから、ソフィアは深くため息をついた。

「はぁぁぁ……」

木箱を床に置いてしゃがみ込み、どきどきとうるさい胸を押さえる。

大丈夫だったよね？　不自然じゃなかったよね？

少し目が泳いでしまったかもしれないが、ダイアナには気づかれていなさそうだった。

動悸《どうき》が治まると、ほっとした気持ちが生まれてくる。

今のは明らかにソフィアに対する牽制《けんせい》だ。

ダイアナはまだまだ危機感を持ってくれていないようだったが、計画の効果は現れてきている。

「レイモンド様に報告しないと」

木箱を持って立ち上がりながら、独り言をこぼした。

「わたしが何だって？」

「ひゃっ！」

突然背後から声をかけられて、ソフィアは文字通り飛び上がった。木箱の中で備品ががしゃんと音を立てる。

「レイモンド様っ！　おどかさないで下さいよ！」

危うく木箱を落としそうになった。

「驚かされたのはこちらだ。急に大声を出すな」

「レイモンド様がおどかすからです」

「わたしのせいにする気か」

「レイモンド様のせいです」

「わたしは悪くない」

「悪いです」

「悪くない」

「はぁ……もういいです」

全く非を認めようとしないレイモンドに、ソフィアの方が折れた。悪いのはレイモンドに間違いないが、子どものように言い争っても仕方がない。

ふふん、と勝ち誇ったレイモンドの顔が憎たらしく、ソフィアは無言で準備室の方へと歩き始めた。

その後ろをレイモンドが追いかけてくる。

「で、わたしが何だと言うのだ」

「何でもありません」

言えばさらにレイモンドを喜ばせることになる。ソフィアは今し方のダイアナとのやり取りを報告するのが癪《しゃく》で、黙っていることにした。別に今すぐに話さなくてもいい。

「わたしがどうとか言っていたではないか」

「何も言ってないです」

「いいや言っていた」

「言ってません」

「言っていた」

「そんなことより――」

ここは絶対に折れないぞ、と思ったソフィアは話題を変えた。

「女性が重たい荷物を持っているんだから、少しは手伝おうとしたらどうなんですか」

ソフィアも本当にレイモンドに持たせる気はないが、こういう時は口だけでも「持とう」と言うべきではないだろうか。フォークよりも重たい物を持ったことがない、などという深窓の令嬢でもあるまいし。

するとレイモンドは、立ち止まってぽかんと口を開けた。

どうやら手伝う気がないのではなく、思いつきもしなかったようだ。

紳士の風上にも置けない。レイモンドらしいと言えばらしいのかもしれないが。

呆れたソフィアは、レイモンドから視線を逸《そ》らし、歩みを進めようとした。

「待て」

レイモンドがソフィアの肩をつかむ。

「酔っ払いの千鳥足《ちどりあし》のようで不快だ」

不快？

ソフィアは好きで持っているわけではない。

不快なら見なければいいだろう。

「寄越せ」

無視して歩き出そうとしたソフィアの荷物を、レイモンドがひょいっと持ち上げた。

「え？」

「どこに持っていけばいいのだ」

レイモンドが、長い足ですたすたとソフィアが向かっていた方へと歩き始める。

今度はソフィアが口を開ける番だった。

「どうしたんですか？　頭でも打ったんですか？」

レイモンドがこんなことをするなんて、天変地異の前触れだろうか。

「お前は本当に無礼だな！」

そう言いながら、レイモンドは歩みを止めない。

「どこかに行く用事があったんじゃないんですか？」

取り巻きもユーディルさえも連れずに一人でいるなんて珍しい。

「教師に用があったが、急ぎではない。いいから場所を言え」

「えと、この先の――」

その行動に首をひねりつつ、ソフィアはレイモンドを追いかけた。

翌日、講義室に移動するために廊下を歩いていたソフィアに、後ろから声がかかった。

「ソフィア様」

顔を向けると、そこにいたのはダイアナだった。

昨日とは違い、後ろに令嬢を二人従えている。

「はい」

ソフィアは、昨日よりもさらに辛辣《しんらつ》な言葉がくるに違いない、と身構えながらも、表面上はにこやかに返事をした。

だが、ダイアナから発せられたのは予想外の言葉だった。

「今度お友達とお茶を飲みながら刺繍《ししゅう》をする会を開きますの。ご一緒にいかがかしら」

ソフィアは目を丸くした。

昨日とは違ってダイアナは笑みを浮かべていて、その目に敵意は見えない。しかし相手は侯爵令嬢だ。腹の中で何を考えているかはわからない。

ソフィアは乗るかどうか迷った。

きっとこれは罠だ。のこのこ出ていけば、ボロクソに悪口を言われるに違いない。

――願ったり叶ったりである。むしろどんと来いだ。

ソフィアは承諾しようと決めた。

しかしその前に軽くジャブを打っておくことにする。

「お誘いありがとうございます。でも私、刺繍《ししゅう》が全然できないんです」

「あら、ではわたくしがお教えいたしましょうか？　本校では刺繍《ししゅう》の授業もありますのよ」

「その言葉はありがたいんですけど、そもそも好きじゃないんです。ちまちま細かいことをするより、遠乗りに出掛けたりする方が好きで。刺繍《ししゅう》ができるからって何かの役に立つわけじゃないですし、そんなことで時間を無駄にしたくありません」

ぴくっとダイアナの口の端がわずかに痙攣《けいれん》した。

わーー！　ごめんなさい、ごめんなさいっ！　刺繍《ししゅう》できます！　ちまちました作業大好きですっ！

出来上がった時に達成感ありますよね！　お父様やお兄様に渡すとすっごく喜んでくれますし？

ソフィアは胸の内でものすごく謝りながらも、小首を傾《かし》げて眉を下げ、ごめんなさい、と言った。

ダイアナの後ろにいた令嬢たちは絶句していた。

ですよねー。私もそちらにいたら固まったと思いますー。

侯爵令嬢――しかも王太子の婚約者――の気遣いを無下《むげ》にする男爵令嬢。善意に気がついていないどころか、その時間は無駄だなどとさらりと毒を吐いている。

オブラートに包まなすぎる直球の暴言は、ダイアナに喧嘩を売っていると取られてもおかしくない。それどころか、アーシュ男爵家からローゼ侯爵家への宣戦布告とも取られかねない。

が、王太子の友人はこれが素なのである。何の他意もなく、誘いは嬉しいが刺繍《ししゅう》は時間の無駄だ、と本心から思っているのだ。

虚《うつ》ろな目になりそうなところを、ぐっと目元に力を入れて耐えた。演技だとバレるわけにはいかない。

その後ろからからかかる声があった。レイモンドだった。

「ほぅ。ソフィア嬢は遠乗りが好きなのか」

「はい！」

ソフィアはくるりと振り返り、元気良く返事をした。その隣にはユーディルもいた。

レイモンドの顔が少し緩んでいる。ダイアナが行動を起こしたのが嬉しいのだろう。ソフィアの苦労も報われるというものである。

昨日も、荷物を運んでもらったあとにダイアナのことを報告したら、大層喜んでいた。

「では今度遠乗りに出掛けようか」

「レイモンド様とですか？　わぁ、嬉しいです！」

ソフィアは胸の前でパンッと手を打ち鳴らした。背後でどよめきが起こったが気にしない。気にしたら負けだ。

王太子と一緒に出掛けることを、それも婚約者の前で承諾するなんて、とんでもないことをしている自覚はある。だがこれも気にしたら負けだ。

「でも私、一人では馬に乗れないんです。いつもお兄様が一緒に乗せてくれてて……」

あからさまに肩を落としてみせた。

真っ赤な嘘だ。

ソフィアの家に金のかかる馬などいるわけもない。

自分どころか兄のセグリットも乗れない。恐らく母親は生家で習っていると思うが、祖父の代に馬がいたという話は聞いていないから、たぶん父親も乗れない。

この友人なら鞍《くら》のない馬でも軽々と乗りこなしてしまいそうではあるが、できないことをできると言わない方がいい。何かの折に乗るような事態にならないとも限らない。できない振りはできても、できる振りはできないのだ。

「ならばわたしと乗るといい」

え、嫌です。

レイモンドが名案だとばかりに言ったのに対し、ソフィアは反射的にそう思った。

絶対邪魔だの遅いだの言うに決まっている。悪口を言われるだけだとわかっていてわざわざ一緒に行くものか。

面倒になったからここから歩いて帰れ、とか平気で言いそうだ。

それに遠乗りは計画書には入っていない。言うなれば業務外だ。シナリオは暗記するほど頭に叩き込んだのだから間違いない。

だがそれを顔に出すようなヘマはしない。感情は仮面の下に隠しておく。

「レイモンド様の馬に乗せてもらえるんですか？」

嬉しいです、とソフィアは胸の前で手を組み合わせた。

「予定を確認させよう」

レイモンドがユーディルに目配せをすると、ユーディルが頷《うなず》いた。

あくまでも、あとで確認しておく、というポーズだ。確認することはないし、調整することもないし、もちろん行くことなどあり得ない。

「楽しみです」

ソフィアは首を傾《かし》げてにこりと笑った。

馬に乗れないから仕方なく断ることにしようと思ったが、まあこれでもいいだろう。

「レイモンド様、一言よろしいですか？」

ダイアナ様？

アドリブに乗るしかなかったソフィアだったが、まさかここでダイアナが入ってくるとは。

スルーされるものだと思っていた。

「何だ」

面倒くさそうにレイモンドが言う。

「レディと二人で遠出をするなんて、誤解を招く行為ですわ。お考え直し下さいませ」

「誤解？　友人同士で出掛けるのがか？」

「異性と出掛けるのは好ましくありません」

「誰にとって好ましくないのだ？　世間的にか？　ローゼ侯爵家か？　それとも――」

レイモンドが一度言葉を切った。

「――お前にか？」

おぉ、とソフィアはレイモンドに拍手を送りそうになった。思い切ったことを聞く。

しかしその答えは二人の期待とは異なった。

「世間的にですわ」

あっさりとダイアナは言った。

「であれば、わたしは考え直す気はない。世間体《せけんてい》などどうでもいい」

レイモンドはむっとしていた。

ダイアナが、はぁ、と大きくため息をつく。

「わたくしはご忠告申し上げました。どうかご再考下さいませね」

「忠告などいらん。ソフィア、調整がつき次第連絡させる」

売り言葉に買い言葉のように言うと、レイモンドはその場から去っていった。

ソフィアの方もかなり落胆していた。

ダイアナの心はまだ動かないようだ。

ここでもう一発ジャブを……！

ソフィアはくるりと回ってダイアナに向き合った。

「ダイアナ様、やっぱりさっきのお誘い、お受けします。遠乗りのお礼に、レイモンド様に刺繍《ししゅう》入りのハンカチをお贈りしたいので。教えてくれませんか？」

「……ええ、よろしいですわ」

ダイアナは硬い声で言った。

それには気がつかない振りをして、楽しみです、と告げ、ソフィアはもうダイアナとの用は済んだとばかりに、その場を後にした。

背中を向けているから確認することはできないが、この流れでダイアナを放置したことに、たぶん周りの令嬢が目をむいているだろう。

ああ、本当に、友人《わたし》ったら空気の読めない娘《こ》だわ。

第三章　どういう風の吹き回しですか？

刺繍《ししゅう》の会に参加すると表明したはいいものの、正式な招待は一向に来なかった。ソフィア抜きではやっているようなのだが、招いてもらえない。

軽いジャブのつもりが、ダイアナを怒らせすぎたのかもしれない。

調子に乗るなと言われた次の日に、調子に乗りまくりな発言をしてしまった。

とっさにレイモンドにハンカチを渡したいと言ったのが悪かったのだろう。

計画の進展はなく、ソフィアはただぼっちな毎日を過ごしている。レイモンド（とユーディル）としか交流がない。そしてそれがますますソフィアを孤立させていく。

話しかけてこないまでも気にしている素振りを見せてくれていた友達も、周りの空気に同調して、ソフィアをいないものとして扱うようになった。

休み時間は教本を眺めて過ごし、昼食を一人でとり、余った時間は教本を読んで過ごす。お陰で勉学は得意になった。成績は計画書通り低く抑えているけれど。

無事に計画を成功させてアーシュ家を存続させ、得た知識を領地で活用できる日を願うばかりである。どこかの好色ジジイに買われて、その夫人として発揮する未来は避けたい。

ソフィアは常に席で静かにしているから、周りの話がよく聞こえてきた。

自分が周囲からなんと言われているか、ソフィアはよく知っていた。

本人の前で言うものではないと思うのだが、聞かせるように言っているのだろう。

そしてレイモンドの評判も細々と聞こえてくる。

こちらも相変わらずあまり良くなかった。


レイモンドとのお茶会は、高級な紅茶と美味しいお菓子が頂けるので、灰色の毎日にささやかな彩《いろど》りを添えてくれる。

だが同時に、ソフィアの気分を滅入《めい》らせるものでもあった。

これがなければなぁ……

ソフィアは目の前でティーカップを傾けているレイモンドを、ため息交じりに見た。

レイモンドは先ほどから――というかいつも、ユーディルに対して愚痴《ぐち》を垂《た》れ流している。

やれ大臣の態度が気に入らないだの、昨日の食事には気分じゃないメニューばかりが出てきただの、女官が部屋に飾った花の匂いがきつすぎるだの。

ソフィアの庶民的な生活に興味を持ったという口実の茶会のはずなのに、レイモンドはソフィアの話を全く聞く気はなかった。何一つ質問されたことがない。

愚痴《ぐち》を聞かされているユーディルの方は慣れているのだろう。それは大変でしたね、などと相づちを打ちつつも、こうした方が良かったのではないか、とやんわりと諌《いさ》めている。

全くレイモンドの心には響いていないが。

ユーディルのように慣れていないソフィアは聞いているだけで憂鬱《ゆううつ》になってくる。聞き流そうにも、同じテーブルについていては音量的にそうもいかない。

どうしたら日々そこまで不満ばかりがたまるのか。そんな些細《ささい》なこと、ソフィアだったらさっさと忘れている。

それも、いちいち相手に文句を言っているらしい。

大臣の態度については文句を言えば余計に悪くなるだけだろうし、食事係は気分で文句を言われてもどうしようもない。花の匂いだけは言うべきだと思うが、この分だと言葉を選ばずにねちねちと責めているに違いない。

黙ってじっとしていれば金髪碧眼《へきがん》の超美形なのに、顔は嫌そうにゆがんでいて、その口から出てくるのは不満ばかり。

これではレイモンドの評判が悪くなるのは当然で、なのに本人がそれを改めようとしないのは、周囲にも問題があった。

ソフィアが授業の合間に見かけるレイモンドは、いつも特定の令息たちに囲まれていた。いわゆる取り巻きというやつだ。

ほぼ常時一緒にいるユーディルを除いて最も近くにいるのは、リカルド・ブルデン――ソフィアが婚約しかけたあの好色ジジイの息子――だった。

その理由は簡単で、レイモンドにとって都合がいい人間だからだ。とにかく媚《こ》びを売って売って売りまくるタイプなのである。

そりゃそうだ。誰しも自分を気持ちよく持ち上げてくれる人と一緒に過ごしたいだろう。

レイモンドが何を言っても、リカルドを始めとした取り巻きが「その通りだ」と肯定するものだから、レイモンドはそれが当たり前になってしまった。

ユーディルに聞いたところによると、レイモンドは国王の待望の第一子だったのもあって元々ちやほやされてはいたが、幼少期はここまでひどくはなかったそうだ。

それが、学園に入る前にユーディルが数ヶ月間自領へ帰り王都に戻ってきたら、今のレイモンドが出来上がっていた。

ショックを受けて軌道修正を試《こころ》みたものの、時すでに遅し。

ちょうどレイモンドの王位継承が確実視されるタイミングで、大人たちがレイモンドにすり寄り始め、さらに国王もレイモンドには甘く……と様々な要因が重なった結果でもあった。

だから、まるっきりリカルドたちだけのせいではないのだが、その影響が最も大きいと思われる、とユーディルは嘆《なげ》いていた。

強く諫《いさ》めればレイモンドは反発し、リカルドとの関係をさらに深めてしまう結果になりながらも、ユーディルはなんとか今の側近というポジションを守ってきたらしい。

取り巻きとは距離を置きつつ、レイモンドの一番近い立場を死守するのは、さぞかし大変だろう。現在進行形で。

涙ぐましい努力である。

もう放っておけばいいのではなかろうか。

……なんてわけにもいかないか。

次期国王なのだから、ユーディルには頑張って少しでもレイモンドを矯正《きょうせい》してもらわないといけない。

そしてこのレイモンドには、ダイアナくらいしっかりしている王妃が必要だろう。

「はあ、今日もお茶とお菓子が美味しい」

愚痴《ぐち》を垂《た》れ流し続けるレイモンドをしり目に、ソフィアは独り言を呟いた。

「そうか？」

ソフィアの言葉を拾ったレイモンドが喋《しゃべ》るのをやめ、紅茶を一口飲んで首をひねる。

「王太子様にはこれが普通なのかもしれないですけどね」

指をぴんと立てた。

「貴族であってもそうは飲めない貴重な茶葉と、これまた貴族であっても朝から並ばないと買えない超人気店のクッキーなんですよ」

逆に言えばこのクッキーは並びさえすれば平民でも買えるのだが、茶葉はそれこそ王族くらいしか手に入れられない最高級品である。

以前、レイモンドの使用人に銘柄を聞いて驚愕《きょうがく》した。思わず一杯分の金額を計算してしまったくらいだ。

「ならば、わたしに感謝することだな。アーシュ男爵家ごときでは味わえないのだろうから」

ふんっ、と得意げにレイモンドが言った。

「そうですね、ありがとうございます」

にこりと笑って頭を下げたソフィアに、レイモンドがぎょっとする。

「きょ、今日はやけに素直だな」

「だって、私がこれらを口にできるのは、本当にレイモンド様のお陰ですから」

「ま、まあな！」

レイモンドは、戸惑いながらも胸を張った。

「こんなに美味しいのに、レイモンド様には味の違いがわからないなんて、すごく残念です。もったいない舌ですね」

「な？」

今度はわざとらしくにーっこりと笑ってやった。

「もっと安いお茶でもいいんじゃないですか？　だってどうせ差が全然わからないんですよね？」

「違う！　いつも最高級の物しか口にしていないから、これが当たり前の味だというだけだ。安価な茶葉に変われば当然気がつく！」

「そうですかぁ？」

「わかるに決まっているだろう？」

わざとらしく上目遣いをすると、レイモンドはぷんすか怒り出した。

堂々としていればソフィアの負け犬の遠吠えで終わるのに、どうしてこうも素直に怒ってしまうのか。

単純なんだよなぁ。

その調子でユーディルの忠告も素直に受け止めてくれればいいのに、上手くいかないものだ。

ぐちぐちとソフィアへの小言を始めたレイモンドを見る。

もったいないし面倒くさいし腹が立つと思う反面、実はソフィアはこのレイモンドに親しみを覚えていた。

じっと黙り込んでいるレイモンドは綺麗すぎて、別世界の人間に思えるのだ。事実、しがない男爵家の娘であるソフィアとは別世界の人間だ。

しかし口を開けば、雰囲気ががらりと変わる。悪い方へ、だけれど。

こうやってレイモンドとやり合えるのは楽しい。

レイモンドに軽口を叩けるのが自分だけ、というのにも優越感があった。

そしてきっとレイモンドの方も、まんざらではないのだ。

でなければ、とっくに実力行使に出ているだろう。護衛の騎士に捕らえさせればいいだけだし、本気でとがめられれば、ソフィアだって従うしかない。

「おい、聞いているのか？」

「聞いていませんでした」

考えごとをしていたソフィアは、しれっと答えた。

「お前っ！　王族の言葉を何だと思っている！」

くわっと目を開いたレイモンドの顔を見て、ソフィアは話題を変えることにした。

「あ、そうだ！　レイモンド様、ご相談があるのですが」

「何だ」

突然の話題転換に、レイモンドは鼻にしわを寄せた。

「今度、うちの領地で二毛作を始めることになりました」

なった、といっても、無事に借金が帳消しになったのなら、という注釈がつく。領地を返上してしまっては政策も何もないからだ。

仮定の話になってはしまうが、それでもレイモンドの愚痴《ぐち》を聞き続けるよりはるかに有意義だった。

「年間の収穫量が増えるので、税率を下げようかと検討しています。どの程度が適切だと思いますか？　他の領地の状況も調べているんですが、税率は領地によってまちまちですし、王国内では二毛作をしているところはまだないので、どの辺りが適切なのか、検討しているうちに父もわからなくなってしまったようなんです」

「二毛作……？」

「隣国で始まった、麦を年に二回蒔《ま》く農法のことですね」

レイモンドは頭の上に疑問符を並べているようだったが、ユーディルには通じた。

「はい。休耕地が必要になるので、単純に収穫量が二倍になるわけではありませんが、休耕地もただ遊ばせるわけではありませんので、数年単位で見れば、農家の収入は増えます」

「そんなもの、今まで通りの税額で徴収すればいいだろうが。増えた分だけ税収が増える。だからお前の家はいつまでたっても貧しいのだ」

「そういうわけにはいきません。新しい試《こころ》みなので、簡単には広められないんです。始めてもらうには、ある程度優遇措《そ》置《ち》を取らないと」

「人々は今までのやり方を変えるのを嫌いますからね。特に農村はそういう傾向が強い。試行はされたんでしょう？」

「もちろんしました。複数の土地で試してみて、収穫量が増えることを確認しています。ただ、その成果を伝えるだけでは弱いと考えています」

「領主命令で強制的にやらせればいい」

「そんな簡単じゃありません。無理やりやってもらったとして、領民は成果が出るまで疑心暗鬼のまま過ごすことになります。天候不順とかでたまたま収穫量が落ちたりしたら、もう二度とやってもらえなくなるかもしれません」

「ちなみに、現在の収穫量と税率はどのくらいですか？」

ソフィアは、昨年の大まかな収穫量と現在の税率を伝えた。

「それは……安いですね」

「そうなのか？」

ユーディルが驚き、レイモンドが不思議そうな顔をした。

「ええ。個別の領地の税率を全て把握しているわけではありませんが、王国内の平均からしたらずっと低いです。王領よりも低いくらいです」

「詳しいな」

ユーディルの言葉に感心するレイモンドへ、ソフィアは呆れた目を向けた。

王太子のくせに、国内の税率の平均値も王領の税率も把握していないのか。まさか未来の国王が知らないなんて。

ソフィアが自領のことに詳しいのは、結婚できなければセグリットを支えよう、と覚悟しているからで特殊ではあるのだが、それにしたって、男爵家を継ぐわけでもないソフィアでも自分のところの税率を知っているというのに、この王太子様は何なのだろう。

「何だ」

露骨な視線にレイモンドが気づいた。

「そんなことも知らないんだなと思いまして」

「な……っ」

おっと。思わず本音が出てしまった。

ソフィアはさっと目を逸《そ》らし、ユーディルを見た。

「計算上は、四分の三に減らしても税収は増えるんです。それに加えて、生産物が増えればそれだけで市場が潤《うるお》いますし、上手くいけば他領への輸出も可能になって、運搬も増えれば関税――はほぼないんで微々たるものですけど、一応増えます」

「殿下のお言葉ではありませんが、これでは減らす必要はないと思いますよ。むしろこの税率でどうやって維持してきたのですか？　アーシュ領の特産は農産物ですから、実質的な税収は農産物の税率で決まりますよね？」

「ええと、公共事業を領主が主導するっていうのはあんまりなくて、各地で自前でやってもらっているんです。だからアーシュ家に入ってくる税収は少ないんですけど、領民はそれなりに負担しています」

「各地の裁量に任せているわけですね。しかしそれでは、豊かな土地と貧しい土地で不公平になりませんか？」

「必要な所には領主から補助金を出します。幸い、大きな災害に見舞われるような土地ではなく、収穫も毎年安定しているので、これで成り立つんです」

「万が一の際の備えは？」

「食糧などの備蓄は各地でするように義務化しています。お金は、うちには過去の遺産があるので、いざという時にはそれでなんとかすることになっていました。まあ、それを兄が吹き飛ばしそうになったんですけど……」

ソフィアは遠い目をした。

これまで必死でやり繰りして取っておいたあれらが、まさか一瞬で失われることになろうとは、予測しろというのも無理な話だ。

「領内で自治を認める……興味深いですね」

ユーディルは何やら感心していたが、実のところ、現領主の父親も含め、代々の領主に統治する気がなかっただけである。面倒なことは他人《ひと》に任せてしまえという発想だ。権限を委譲している者たちの汚職にのみ目を光らせている。

「それで、税率についてですが――」

「ああ、すみません。その相談でしたね。申し訳ありませんが、私には適切な税率をお答えするだけの知見がありません。試行もされたようですし、これまで領内を見てきた男爵が一番正しく判断できると思います」

「ですよね……。すみません、無理を言って。相談に乗って下さってありがとうございます」

ソフィアはユーディルに礼を言った。ソフィアも答えをもらえるとは思っていなかった。レイモンドの小言を中断させられれば何でも良かったのだ。

「お前はわたしに相談してきたのだろう？」

レイモンドがぶっすーとむくれていた。

「答えられそうになかったじゃないですか」

「ディルだって答えられなかっただろう」

「何も知らないレイモンド様と一緒にするのはユーディル様に失礼です。レイモンド様なんて、話にもついてこられませんでしたよね」

「な、何も知らないわけではない！　ただ今のは、苦手……そう、苦手な分野だっただけだ！　他のことならわかるぞ」

確かに、いくらレイモンドでも王太子なのだから相応の教育は受けているだろう。

ソフィアはレイモンドに問いを投げた。

「王国の現在の人口は？」

「お前、わたしを馬鹿にしているのか？」

さすがにこれはレイモンドもすらすらと答えた。ソフィアだって知っているし、学園の講義でも出てくるので当然だ。

「出生率と平均年齢は？」

これもさらっと答えてくれた。

「識字率と女性の就職率はどうでしょう」

「識字率、だと？　女の就職率？　女は仕事をしないだろう」

「しますよ。王宮の女官や貴族のメイドだって女性じゃないですか。それに近年は女性の職人や文官も少しずつですが増えてきています。アーシュ領にも腕のいい革職人がいます」

「そ、そこは苦手分野だ」

それ以降、ソフィアの質問に対するレイモンドの答えはしどろもどろになった。

ソフィアはほぼ自領のことしか知らず、王国全体のことはわからない。それでもいいのだ。ソフィアは王国全体を統治する立場になるわけではないのだから。

ならばレイモンドがでたらめを言っても、ソフィアには正解か判断できないわけだが、レイモンドが適当に答えることはなかった。たとえそうしたとしても、代わりに答えているユーディルにどうせバレる。

問答を重ねたあと、はぁ、とソフィアはため息をついた。

「こんな基本的なことも知らないなんて……一国民として残念です」

「無礼者っ！」

レイモンドがユーディルを見ながらソフィアを指差した。こいつをどうにかしろ、というのいつもの仕草だ。

そんな言葉に今さら恐れ慄《おのの》くソフィアではない。礼を失した振る舞いは散々してきたのだ。

「そんなんで、どうやって政務をやってるんです？」

「わたしはまだ即位していない」

「え？」

何言ってんだこいつ、とばかりに返された言葉に、ソフィアも何言ってんだこいつ、という視線を返した。

「ユーディル様、ユーディル様」

ユーディルを手招いて、顔を近づけてもらう。

「王太子様って、政務とかしないんですか？　普通、後継者として何かしら任されるものなんじゃ？まだ学生だからですか？　そんなことってあります？」

兄のセドリックも、学園に入学する前から少しずつ領主の実務をやっていた。

「殿下は特別なんです」

にっこりと笑顔を作ったユーディル。

「え、それってつまり……」

ソフィアはレイモンドを見て、声には出さずに「むのー」と口を動かした。ユーディルは困ったように首を傾《かし》げるに留まったが、肯定の意だろう。

「おい、二人でこそこそと何を話している」

「レイモンド様が無能だって話を」

おっと。またしても声に出てしまった。

ソフィアはわざとらしく手で口を押さえた。

「無能だと？」

「だから暇なんですね。納得しました。こんなに頻繁《ひんぱん》にお茶会を開いていて、お仕事は大丈夫なのかと心配してたんです」

腕を組み、うんうん、と頷《うなず》くソフィア。

ユーディルも含めてよほど部下が優秀なのだろう、と思っていたら、全くしていなかったということか。

「殿下は武芸はお得意ですよ」

「えー、本当ですかぁ？」

レイモンドはどちらかと言えば細身だ。剣を握っている姿など想像できない。ソフィアを噴水で取り落としたくらいだから、剣を打ち合わせたところで、一合目で吹っ飛ばされるのがオチではないだろうか。

ソフィアは半信半疑だったが、しかしユーディルが言うのだから本当なのだろう。

「つまりは脳筋……」

「ソフィア・アーシュ！」

フルネームで呼ばれ、そろそろ限界か、と思ったソフィアは、レイモンドがわめき散らす前に退散することにした。怒らせても処罰を与えられたことはないが、こうなるとうるさいのだ。

「あ、私、そろそろ失礼します。明日の講義の予習をしないといけないので」

「おい、待て！」

レイモンドの制止を完全に無視し、ソフィアは、じゃあさようなら、と言ってその場をあとにした。

＊＊＊＊＊

「あの娘、わたしのことを無能だの脳筋だのと言ったぞ？　友人の域を超えているだろう！　不敬罪で罰してやる！」

「まあまあ、そうすると、ここまで我慢してきた分が無駄になりますから」

「これ以上我慢ならん！　このわたしを愚弄《ぐろう》したのだ、家ごと潰してやる！」

レイモンドがテーブルを拳で叩いた。

「殿下、ソフィア嬢のようにあれだけはっきりと発言する人物は貴重ですよ」

「その言葉は聞き飽きた」

苦々しい顔でレイモンドが言う。

「何度でも申し上げます。殿下の不興を買うとわかっていて、それでも殿下を悪く言う人物はソフィア嬢くらいしかいません。殿下の意に諾々《だくだく》と従わないのも」

「最近はお前だって言うことを聞かないじゃないか」

「……ご命令なら聞きますが」

レイモンドは一度口を閉じ、目線を落とした。

「お前も……だと思うのか？」

「申し訳ありません、聞こえませんでした」

「お前もわたしのことを無能だと思っているのかと聞いた！」

嚙みつくように言ったレイモンドを、ユーディルがしげしげと眺める。

「殿下に能力がないとは思っていません。しかし、やるべきことを疎《おろそ》かにされているとは思います。その分、私にも仕事が回ってこないので、楽と言えば楽ですが」

「そうか……」

レイモンドは苦しそうに眉根を寄せた。

＊　＊　＊　＊　＊

少し間を置いた一週間後、レイモンドからお茶会に招待された。

いつものように指定された庭園へと向かったソフィアは、背丈よりも高い生け垣の角を曲がり、庭園へと足を踏み入れる直前で立ち止まった。

人がたくさんいる。

複数台並んだテーブル、その席のほとんどが埋まっていた。

令嬢はいない。令息だけだ。

ソフィアは会場を間違えたのだと思った。レイモンドの使用人から告げられた場所は確かにここだったはずなのだが。

一度予約を確認した方がいいだろうと踵《きびす》を返そうとしたところで、ソフィアを呼ぶ声がした。

「ソフィア嬢」

見ると、手を挙げたユーディルがソフィアの方へと向かってきていた。

場所を間違えたわけではなかったようだ。

「どうぞこちらへ。殿下がお待ちです」

「これは一体どういうことですか？」

戸惑いながらユーディルの手を取り、事情を問う。

「殿下が他の令息たちを呼びたいと急におっしゃいまして」

ソフィアは眉間に指を当てた。

どういう風の吹き回しかは知らないが、こういうことは事前に言っておいて欲しい。心の準備というものがあるのだ。

ソフィアは中心に座るレイモンドに招待への感謝の決まり文句を言いながら、恨みがましい視線を向けた。

だが、放り込まれてしまったからにはやるしかない。

ユーディルに空《あ》いていた席に案内されたソフィアは、にこりと笑った。

「こんにちは、みなさん」

さあ、演技《たたかい》の始まりだ。


ソフィアはなんとかそのお茶会で友人の演技をやり通した。

その一回でもう懲《こ》り懲《ご》りだと思ったのに、レイモンドはそれからも三日と間をあけずに開催し続けた。三人きりでのお茶会はしばらく開かれていない。理由は聞けずじまいだった。

招待されているのは、リカルドたち取り巻きだけではない。家格や派閥を問わず、広く声をかけているようだ。

今まで全くなかった王太子からの招待だということで、令息たちはこぞって参加し、毎度盛況だ。

ソフィアの席はいつもレイモンドとは違うテーブルで、会話をすることはなく、最初の挨拶をするくらいだった。

自然、ソフィアは他の令息たちと話すことになる。普段はソフィアを空気のように扱っている令息たちであっても、レイモンドの茶会に共に参加しているソフィアを放ってはおけない。

自分よりもずっと家柄の良い彼らと会話をする必要に迫られたソフィアだったが、普段王太子《レイモンド》や公爵令息《ユーディル》と接しているお陰で、侯爵家や伯爵家の令息ごときでは動じなくなっていた。慣れとは恐ろしいものだ。

さすがにフレデリック王子が同席した時は緊張したが、それでも畏《かしこ》まることは許されない。レイモンドに気安く接しているのだから、それより身分の低いフレデリックに恭《うやうや》しい態度をとるわけにはいかないのだ。

それに、人物設定には「男性にも気安い」とある。

ソフィアは冷や汗を流しながら、涼しい顔で令息たちに気安い態度をとり続けた。

本当の気持ちを隠しきり、にこにこと元気に振る舞っているものだから、毎回とてつもなく疲労する。

令息たちはそんなソフィアに注意深く接していた。

レイモンドはこれまで特定の令嬢と仲を深めるようなことはなかった。それこそ婚約者であるダイアナとさえ、婚約者として以上に接したことはなかった。

入学の初日に王太子を噴水に落とし、それから急激に交流を深めている男爵令嬢。王太子に対して馴れ馴れしい態度をとっているが、それを王太子がとがめることはない。

――本当はソフィアはとがめられまくっているのだが、それは二人きりの時だけで、周りに第三者がいる時には常に仲の良いところを見せている。

ソフィアがレイモンドにとって特別な存在であることは確かで、とはいえ不用意にソフィアに近づけば、ダイアナを、ひいてはローゼ侯爵家を蔑《ないがし》ろにしていると思われる可能性もあり、親しくするべきか距離を置くべきか、令息たちは決めかねていた。

だが、中にはソフィアへの敵意をむき出しにする者もいる。

「ソフィア嬢はいつもそのドレスをお召しですね。よほど気に入っていると見える」

にやにやと嫌な笑いを張り付けて言ったのはリカルドだ。

その両隣にいる伯爵令息も同じ表情をしていた。

「そうなんです。つい好きな服ばかり着てしまって」

てへっとソフィアは笑って答える。

「それにしても同じドレスを着用しすぎではないですか。昨日や一昨日《おととい》着ていたドレスもよく見ますが？」

「えぇ!?」

ソフィアは大げさに口を両手で押さえた。

「私、そんなに見られてるんですか？　やだ、恥ずかしい」

きゃーっと、顔全体を手で覆《おお》う。

「女性の服装にとやかく言うのは無粋《ぶすい》ではありませんか。本日のドレスも素敵ですよ、ソフィア嬢」

「わぁ、ありがとうございます」

フォローに入った別の令息に、にこりと笑ってみせる。

リカルドは、ソフィアが侯爵との婚約を断ったことを根に持っているのか、それとも単にレイモンドに近づいたソフィアが気に入らないのか、何かにつけてこうして突っかかってきていた。

同年代の息子というだけで「うわー……」という感じなのに、加えて性根《しょうね》がコレである。好色ジジイと結婚することにならなくて良かったと心底思った。

それと同時に、この仕事を最後までやり切ろうと改めて奮起《ふんき》する。お金のために嫁《とつ》ぐのは嫌だ。

リカルドが侮蔑《ぶべつ》の表情を向けてきていたが、ソフィアは見なかったことにした。


次の日も茶会が開かれた。久しぶりの三人きりの集まりだった。

「お前、もっとマシなドレスはないのか?」

レイモンドがソフィアのドレスをじっと見つめ、唐突に言った。

「よく見れば宝飾品も地味だし、同じ物ばかりつけているな」

「よく見なければわからないくらいならいいじゃないですか。ほっといて下さい」

いきなり失礼なことを言われたソフィアは、ふんっ、と顔を背けた。

「昨日は気に入っているからよく着ていると言っていたが、本当は手持ちの服が少ないのだろう」

「だったら何です? お手入れはしているので不潔ではないですよ」

「そんなだからあのようなことを言われるのだ。それをヘラヘラと笑って。お前はわかっていなかったかもしれないが、あいつはお前の家を馬鹿にして——」

「わかってます!」

突然ソフィアが大きな声を出したので、レイモンドは目を丸くした。ソフィアがここまで声を荒らげるのは珍しい。

「うちは貧乏ですよ。だから何です? 何か悪いことでもしたんですか? そりゃ、貧乏なせいで、お兄様が作った借金を肩代わりして頂くことになっちゃいましたけど。元々貧乏なのは何か悪いんですか？」

「いや、悪いとかではなくて――」

どうして自分がこんなことを言っているのかよくわからないながら、ソフィアは思ったままに言葉を口にしていた。

「貴族の中には、領民のことを考えずに無理な税を課して、贅沢三昧《ぜいたくざんまい》している家もありますよね。うちは確かに、貧乏かもしれないけど、でも、領民を不幸にするようなことはしていません。彼らが幸せでいてくれたらそれでいいんです。貧乏だけど、家令しかいないけど、自分たちで何でもかんでもしないといけないけど、それでもいいんです！」

「だ、だが、それでは領主としての威厳が――」

はっ、とソフィアが鼻で笑った。

「威厳？　そんなもの必要ですか？　何もなくたって、きらきらした服を着ていなくたって、お父様は領民に尊敬されています。ちゃんと領主をやっています。新しいことをやるのはちょっと大変ですけど、視察に行けば歓迎してもらえるし、お祝い事に駆けつければ喜んでもらえます。それで十分じゃないですか？　他に何がいるんですか？」

「いや――」

「前にも言いましたけど、うちは各地の自治に任せています。だから領主の仕事も少ないんです。だったら、その見返りも少なくて当然じゃないですか？　浪費してる人たちだっていいですよ、別に。ちゃんと見合った仕事をしてるなら。公爵様とか、領地も広くて大変ですよね。それなら贅沢《ぜいたく》するのもわかります。だけど、何もしないで領民から搾取《さくしゅ》するだけなら最低ですよね。レイモンド様も――」

そこまで言って、ソフィアは、はっと口を押さえた。

「……すみません。今日はこれで失礼します」

ソフィアは俯《うつむ》いて唇を噛むと、勢いに押されたままの二人を置き去りにして、走るようにしてその場から去った。

＊　＊　＊　＊　＊

「わたしは地雷を踏んだのだろうか」

「そうでしょうね……」

突然態度を豹変《ひょうへん》させたソフィアに、ユーディルも驚いていた。

これまで、レイモンドに文句を言うことはあれど、ああも怒ったことはなかった。少なくとも、遠目には和《なご》やかに見えるように演じていたのだ。

「服装のことを指摘したのがそんなに嫌だったのか？」

装《よそお》うことにそれほど執着しているようには見えなかったのだが、とレイモンドは呟いた。

「服装がどうこうというより、家を侮辱《ぶじょく》されたのが許せなかったのでは」

「わたしは侮辱《ぶじょく》など……！」

「昨日の話題を持ち出したせいで、ソフィア嬢は殿下に侮辱《ぶじょく》されたと受け取ったのでしょう。殿下が常日頃からそういった態度をとっているからですよ。積もり積もった物がついに爆発したのではありませんか」

これまでも度々《たびたび》レイモンドはアーシュ家の貧しさを小馬鹿にしてきた。ソフィアは取り合わずに開き直った態度をとっていたのだが、さすがに我慢ができなくなったのだろう。

「あいつは、最後、何を言いかけたのだろうか」

レイモンドが弱々しく発した問いに、ユーディルは答えなかった。それが答えだった。

「『何もしないで搾取《さくしゅ》していますよね』──か」

レイモンドは空を仰《あお》いで両手で顔を覆《おお》い、ふーっと大きく息を吐いた。

「血を繋ぐのも王族の務めです」

「……それは生きているだけで何も成していない、というのと同義ではないか？」

ちらりと横目でユーディルを見る。

今度もユーディルは何も言わなかった。

以前のレイモンドなら、ソフィアの言葉は気にも留めなかっただろう。

王族は王族だ。それだけで偉い。ユーディルが言うように。

しかし、令息たちと話をしているうちに、それだけではないのだとわかってきた。

聡明である者ほど、自分たちの立場を正しくわきまえていて、領地や領民のことをよく考えている。

レイモンドの奔放《ほんぽう》を最終的には許してきたユーディルも、王太子の側近という顔の他に、リンデ公爵家の一員として領地経営の一翼を担《にな》う顔がある。

一方で、私利私欲にまみれている者ほど、権力者におもねることも見えてきた。

近くに置いていた者たちは耳に心地よい言葉を並べ、レイモンドを称賛するが、それは自らの欲のためであって、レイモンドのためを思っての言葉ではない。

小言を言うのはユーディルだけだったが、やんわりと諫言《かんげん》する者もいたのだ。レイモンドは彼らを煩《わずら》わしく思って遠ざけてきていた。

このままではいけないのかもしれない。

レイモンドは、耳に痛いソフィアの苦言はただ流していいものではないと思い始めた。

＊＊＊＊＊

ああ、もうっ、なんであんなこと言っちゃったの？

小走りで庭園を離れながら、ソフィアは一人脳内反省会を開催していた。

ソフィアがドレスをあまり持っていないのも、家が貧乏なのも本当のことだ。そして、領地の税率を自由に決められるアーシュ家が貧乏なのは、自分たちで選んだ結果だ。

それを言われたからといって怒るのは筋違いだった。

今までレイモンドには何度も馬鹿にされてきたのに、昨日もリカルドに言われてもさらっと流せたのに、なぜだかさっきはどうしても我慢ならなかった。

最後、途中で止められて良かった……

王族には贅沢《ぜいたく》が必要なのだ。それこそいい暮らしぶりを見せて威厳を保たなければ示しがつかない。相応《ふさわ》しくないと判断されれば謀反《むほん》も起こり得る。他国に付け入られることもある。

レイモンドだって、今でこそ何もしていないのかもしれないけれど、いずれ嫌でも国王としての責任が降りかかってくる。

今だって、王族なりの重責があるはずだ。……たぶん。きっと。

それに、血筋を維持するのも王族の務めだ。

レイモンドは生きているだけで尊い。それだけで国民の血税を消費するに値する。

なのに——

ソフィアは顔を覆《おお》ってその場でうずくまった。

恥ずかしい。あれでは何もわかっていない子どもではないか。恥ずかしすぎる。

口にはしなかったが、ソフィアが何を言いかけたのかは、レイモンドにもユーディルにもわかってしまっただろう。

二人は呆れたに違いない。偉そうなことを言っておいて、貴族と王族を一緒くたにするような、幼稚な発言だった。

本当は、貴族にだって、贅沢《ぜいたく》な暮らしを見せる必要性があるのも知っている。権威を見せなければ人は従わせられない。浪費は消費と同義であり、市場に金貨を回す役目があるのもわかっている。

アーシュ家が他とは違う方法を採っているというだけだ。そしてそれが通用するのは、小さく貧しい領だからだ。他の領ではこうはいかないだろう。

穴があったら入りたいって、こういうことを言うんだな、と思った。入るだけでは収まりそうにない。自分で土を掛けて埋まってしまいたい気持ちだった。

二週間後に開かれた三人でのお茶会において、ソフィアの暴言について何かを言われるようなことはなかった。その間に開かれた令息たちとのお茶会でも、もちろん何も言われていない。

レイモンドならぐちぐち言ってきそうなものなのに、文句の一つも言われなかった。所詮《しょせん》下位貴族の娘の言葉、と歯牙《しが》にも掛けられなかったのだろうと思うと、何とも情けない気分になる。

だがそれをいつまでも引きずったところでどうしようもない。一度言ってしまったことは口の中には戻らないのだ。

謝るのも何だか違っていて、ソフィアからもその話題に触れることはしなかった。

第四章　刺繍《ししゅう》の会に行ってきます

そうこうしている間に、やっとダイアナから刺繍《ししゅう》の会の日取りを聞かされた。まさかの「本日、放課後に」だった。

「え？　今日ですか？」

「ええ。申し訳ありません。ソフィア様にだけお伝えするのを失念してしまって」

刺繍《ししゅう》をしながらお茶を飲むのだから、要はお茶会である。着て行くドレスの準備などもあるのに、それを当日知らせるなんてどうかしている。

ダイアナは頬《ほほ》に手を当てて首を傾《かし》げていたが、わざとなのは明白だった。

ソフィアに恥をかかせようというわけだ。

戦いはすでに始まっていた。

しかしここで怯《ひる》むソフィアではない。

「わかりました！　楽しみにしています。ダイアナ様のおうちまで行けばいいですか？　馬車がないので、迎えがあると嬉しいんですけど」

迎えを寄越せとは、我ながら図々しいにも程がある。でも馬車がないのは本当だし、迎えに来てくれるなら助かる。

「わかりました。迎えをやりますわ」

ダイアナはソフィアの無茶な注文に笑顔で答えた。さすがの侯爵令嬢様だ。ソフィアがとんでも発言を繰り出すことは想定済みなのだろう。

「ありがとうございます」

ソフィアは感激したように両手をぱちんと合わせた。

放課後、ソフィアは着替えることなく寮に迎えに来た馬車に乗った。

当日言われたのだから仕方がない、というわけではなく、元々ドレスを準備するつもりはなかった。というか、準備するなら、先日誘われた時から手配しておく。

非常識極まりないのだが、こちとら空気を読まない友人なのだ。このくらいして当然だった。

侯爵家の邸宅を訪問するのに普段着。その服もこれでもかと着回しているドレスだ。うう……恥ずかしすぎる。

もし演技をせずに素の自分で招待されたとしたら、当然きちんとした格好で行く。

一応、そういう時用の訪問着も学園には持ってきてはいるのだ。

そりゃあ、アーシュ家が用意できる程度のドレスだから、それなり、でしかなく、侯爵家を訪問するには相応《ふさわ》しくないかもしれないけれど。

この馬車の内装にしても侯爵家が所有するに相応《ふさわ》しい上品なものだ。座っているだけで自分が不釣り合いなのをひしひしと感じた。

いや、動じては駄目だ。格差に驚くのはいいが、自分を卑下《ひげ》してはいけない。

隅っこで縮こまっていたソフィアは、座席の中央に堂々と座り直す。

王太子であらせられるレイモンドに比べれば、たかが侯爵令嬢のダイアナなど大したことはない。

ユーディルだって王位継承権を持つ公爵令息様だ。

何を気にすることがあろうか。

必死に自分に言い聞かせ、邸宅に着く頃には、ソフィアは頭の中の常識を全て追い出すことに成功した。

そして、罵倒《ばとう》されることへの覚悟を今一度固めた。何を言われても動じない。動じた様子を見せない。困ったらきょとん顔だ。

馬車が止まったところで気合を入れ、御者《ぎょしゃ》が扉を開ける前に自分から開け、エスコートも無視してぴょんと飛び降りる。

邸宅の大きさに「わぁ！」と感嘆《かんたん》の声を上げ、無作法にきょろきょろと首ごと辺りを見回しながら、ソフィアは使用人のあとに続いてサロンへと向かった。

サロンはたくさんの花で飾られており、すでに何人かの令嬢が着席していた。

当然みな季節に合わせた美しい訪問着で、ソフィアのように普段使いのドレスを着ている者などいようもない。

昼間の学園と同じ格好をしているソフィアを見て、扇で口元を隠した令嬢たちが眉根を寄せてひそひそと何かを言っていた。

無礼だの相応《ふさわ》しくないだのと陰口を叩いているのだろう。

中にはかつてのソフィアの友達もいたが、気まずそうに目を逸《そ》らされた。

「お招きありがとうございます、ダイアナ様」

「ようこそおいで下さいました、ソフィア様」

ぎこちないカーテシーでダイアナに挨拶する。

下手なカーテシーにもだいぶ慣れてきた。素早く腰を落とし、静止せずに、ぴょんと飛び上がるように戻るのがコツだ。貧乏暮らしで自然と鍛《きた》えられた体幹と脚の筋力が役に立っている。

案内されたのはダイアナの隣の席で、ソフィアが優遇されているのがわかった。そしてソフィアを非難するのにも絶好の場所だ。

使用人が引いてくれた椅子にぽすんと元気良く座る。本当は椅子が戻されるタイミングとずらして座りたいところだが、そこまでの域にはまだ達していない。

参加者全員がそろったところで、刺繍《ししゅう》の会という名のお茶会は始まった。

さっそくとばかりに各々《おのおの》が連れてきた侍女に刺繍《ししゅう》セットを出させる。

ソフィアは侍女を連れてきていないので――連れてこようにも寮にいないどころか実家にもいない――自分で持ってきた鞄からセットを取り出す。

普段刺繍《ししゅう》をしない友人のために、道具は全て新調した。痛い出費だった。必要経費としてレイモンドに出してもらえば良かったかもしれない。

周りがデザイン画を起こしていくのに倣《なら》って紙に色鉛筆で絵を描いていく。ダイアナの手元をのぞいて参考にさせてもらった。

その間も、令嬢たちはソフィアそっちのけでぺちゃくちゃとお喋《しゃべ》りを楽しんでいた。

さすがにこの場で堂々と悪口を言う者はいなかったが、離れた席からは、やはり侮蔑《ぶべつ》の視線が飛んでくる。

ソフィアが白い無地のハンカチを枠《わく》にはめ、針を刺す段階になって、ふと思いついたようにダイイアナが発言した。

「そういえば、ソフィア様は、レイモンド様と遠乗りには行かれたの？」

さっと周囲の空気が変わった。

それまで隣の席同士で話していた令嬢たちが口をつぐみ、ソフィアに視線が集まった。

ソフィアは遠乗りのお礼としてハンカチを渡すということになっていた。

ダイアナだって、ソフィアが遠乗りに行っていないことくらい知っているはずなのに。

「いいえ、まだです」

さり気なく強調し、行ってはいないけれど、これから行くつもりなのだと暗に告げる。

「日取りはもう決まっていらして？」

痛いところを突いてくる。

適当な日付を言うわけにはいかない。実際には行く予定はないのだから。

「まだです。最近レイモンド様は忙しいみたいで」

肩をすくめる。

この友人は、レイモンドの言葉を全く疑っていない。社交辞令だとは想像すらしていない。

ダイアナは、そう、と言って微笑んだ。婚約者としての余裕が見えた。

このところレイモンドが忙しそうなのは本当で、放課後はすぐに帰るようになり、ソフィアとのお茶会の頻度は減っていた。令息たちとのお茶会にソフィアが呼ばれないこともあった。

これではソフィアの分《ぶ》が悪い。ダイアナを焦らせなければいけないのだ。

ソフィアは自分からも仕掛けることにした。

「ダイアナ様は、最近レイモンド様とどうですか？」

投げつけられた爆弾に、ダイアナの手が止まる。

「どう、とは？」

「お茶会やお出掛けはしてるんですか？」

嫌味に聞こえないように気を付けて言う。

言葉に別の意味を込めてはいけない。ただまっすぐに疑問を声に出しただけ。

「いいえ。ソフィア様もおっしゃったように、レイモンド様はお忙しい方ですから」

「え、お茶会もですか？」

ここで「私とはしているのに？」と勝ち誇った笑みを浮かべでもすれば立派な悪役《ヒール》になれるのだが、友人は無邪気でなくてはならない。

ソフィアは不思議そうに首を傾《かし》げるだけに留めた。

すると、耐えかねたように他の令嬢が口を挟んだ。

「あなた、ダイアナ様に失礼ですわよ」

「どうしてですか？」

「それは……っ」

きょとんと返したソフィアに、その令嬢は答えられない。ソフィアの方がダイアナよりもレイモンドと親しい、とは言えないのだから。

「レイモンド様は、ソフィア様から平民の暮らしぶりについてお聞きになっていらっしゃるとか。素晴らしいことですわ」

ダイアナが令嬢を助けるように言った。

そういえばそういうことになっているのだった。

相変わらずレイモンドはお茶会では毎回愚痴《ぐち》を言っているだけで、ソフィアが家や領地のことを話したのは、二毛作の税率についてくらいだ。

ダイアナの発言は、貴族の一員であるソフィアを平民呼ばわりしたのも同然だったのだが、ソフィアはそれに気がつかなかった振りをする。

「そうなんです。レイモンド様は私の話をいっぱい聞いてくれるんです」

「あら。レイモンド様はお話し好きな方でしょう？　ソフィア様のお話をじっくりと聞いていらっしゃるお姿なんて、あまり想像できないのですけれど」

さすが婚約者。レイモンドのことをよくわかっている。

うんうん、と頷《うなず》きそうになりながら、ソフィアはにこりと笑った。

「そうですね。お話をいっぱいしてくれます。でも私の話も聞いてくれますよ？」

「そうなの……」

「あと、うちにも来たいって言ってくれました」

王太子が一介の男爵家を、それも領地にある屋敷をわざわざ訪問するとなれば、よほどのことだ。

嘘だけど。

「まあ」

ソフィアのついた真っ赤な嘘は、ようやくダイアナの顔色を変えることに成功した。

その後、ソフィアはレイモンドのことをぺらぺらと喋《しゃべ》りまくった。独壇場だった。

レイモンドの話は嫌というほど聞いているので披露するのは簡単だ。まさか愚痴《ぐち》が役に立つ時がくるとは思わなかった。

よほど親しくなければ知らないだろうな、というプライベートなことまで話し、会が終了する頃には、ダイアナの顔は取り繕えないほどに引きつっていた。

罵倒《ばとう》を受けることはできなかったが、ダイアナは危機感を覚えてくれただろう。

帰り際に「王族の私的なことを吹聴《ふいちょう》するものではありませんわ」と負け惜しみを頂けただけで良しとする。

計画はまた一歩進んだに違いない。

ソフィアは上機嫌でローゼ家をあとにした。


ティーカップを傾けてお茶菓子を食べつつ、ソフィアは目の前で繰り広げられているレイモンドとユーディルの会話を聞き流す。

レイモンドは相変わらず愚痴《ぐち》ばかり喋《しゃべ》っている。令息たちとのお茶会でも同様で、言わずにはいられない質《たち》なのだ。

毎度付き合う令息たちに同情はしない。彼らは彼らでレイモンドとお近づきになるという打算でもって参加しているのだ。愚痴《ぐち》を聞くくらい安いものだろう。

まあ、それを言ってしまえば、家の存続がかかっているソフィアも同じなのだが。レイモンドとのお茶会に参加するは仕事のうちなのだから。

にしても、側近のユーディルや取り巻きのリカルドたちにならまだしも、他の令息にまで他人の陰口を言うのはどうなのか。

先日の刺繍《ししゅう》の会では奇跡的にレイモンドのこの行動が役に立ったが、やっぱり聞いているのは苦痛だった。

と、ぐっとカップの中身を飲み干したレイモンドが、がしゃんとカップを乱暴にソーサーに置いた。二杯目を注げ、の合図である。マナーって何だっけ、な振る舞いだ。

メイドはすぐさま次の一杯を用意し始めた。

とはいえ、どんなに事前準備をしていたところで、瞬時に二杯目を作り上げるのは不可能だ。紅茶には蒸らしの時間が必要なのである。

メイドは洗練された作法で可能な限りスピーディーに用意していたが、レイモンドはそれでも気に入らないらしく、イライラとしていた。

やっとカップに注がれた時には、「遅い」と文句を言う始末。メイドは畏《かしこ》まって「申し訳ございません」と頭を下げたが、その後頭部にさらに一言文句を投げつけた。

仮にも王太子付きになるのだから彼女は非常に優秀である。ソフィアからすればその働きぶりは素晴らしいの一言だった。なのにそれでもレイモンドには不満らしい。

王太子が飲みきるタイミングに合わせて紅茶を淹《い》れておくなど人間業《にんげんわざ》ではないのだから、多少待つのは仕方がないのだ。それに文句を言うなんて、理不尽でしかない。

というか、そのくらいの時間、大人しく待てばいいのに。催促をするように、コツコツとテーブルを指先で叩く真似《まね》までするなんて、大人げない。

メイドは、レイモンドに合わせて空《から》にしたソフィアのカップにも、丁寧に注いでくれた。

「ありがとう」

ソフィアは毎回お礼を言う。なにせ自宅にいれば自分で淹《い》れるのだ。彼女たちには毎回「とんでもございません」と恐縮されるけれど、自然と口から出てしまう。

ちなみにユーディルは何の反応も示さない。人を使うことに慣れているのだろう。ただ気遣いは見てとれる。レイモンドと並んでいると余計に。

淹《い》れたての紅茶を一口飲んで、そうだ、とソフィアは大事なことを思い出した。

「レイモンド様にお渡ししたい物があります」

ソフィアは話をしている二人に割り込んだ。

王族の話を遮《さえぎ》るな、といつものように文句を言われるかと思いきや、レイモンドはソフィアの発言に興味を持ったようだ。

「わたしにか？」

「これ、先日のダイアナ様の刺繍《ししゅう》の会で刺したんです」

ソフィアがドレスのポケットから出したのは、一枚の白いハンカチ。

「ああ、そうか。ダイアナに招待されたのだったな。ボロは出さなかっただろうな？」

「ちゃんと王太子様の友人を演《や》ってきましたよ。ダイアナ様を焦らせられたと思います」

「そうか……」

なぜかレイモンドはあまり嬉しくなさそうだった。大喜びしてもいいはずなのに。

「む？　何だこれは？」

ソフィアから手渡されたハンカチを広げたレイモンドは、それを見るなり固まった。

「レイモンド様のために刺したハンカチです」

「これをお前が……？」

「はい、もちろん」

ソフィアはこくりと頷《うなず》いた。初めからそう言っている。

「この……首の長い犬のような物は何だ」

「馬です」

レイモンドが指し示したのは立派なたてがみの黒い馬だ。

「馬だと？　ではこの木にある赤い豚の顔のような物は？」

「リンゴです」

「リンゴ……」

レイモンドが、ハンカチを近づけたり遠ざけたりしながら眺めた。

リンゴの木と馬（※ソフィア談）の下にはレイモンドの名前が刺してあるはずだが、幼い子ども

RAYMOND

がぐちゃぐちゃと適当に書いたような線は、文字だと認識するのさえ困難だった。

「ではなく！」

はっと気がついたレイモンドが、ソフィアに顔を向けた。

「なぜわたしがこんなボロ雑巾《ぞうきん》のような物を渡されなければならないのだ」

「なぜって……」

ソフィアは首を傾《かし》げた。

計画書には、ソフィアが刺繍《ししゅう》したハンカチをレイモンドに渡す、と書いてあった。

それを知らないレイモンドではあるまい。

「これは素晴らしいですね」

横からのぞき込んだユーディルが感心したように言う。

「ですよね？　私もこれは会心の出来だと思っています」

「このデザインはどうやって思いつかれたんですか？」

「馬は、この間レイモンド様が遠乗りの話をしていたので、ちょうど良いかなって。リンゴの木は
ダイアナ様が刺していらっしゃったので」

「それはいいですね」

ふふふ、とソフィアが照れくさそうに笑う。

「デザイン画も結構苦労したんですけど、刺す時にさらに完成度を上げました」

「この糸が交差している所などは特に良いですね」

「わかります？　そこ大変だったんです」

　無言でハンカチを見下ろすレイモンドを置いてきぼりにして、ソフィアとユーディルの二人は刺《し》繍《しゅう》の出来映《できば》えについて盛り上がっていた。

「お前たち……美的感覚がおかしいのではないか……？」

「何をおっしゃいますか、殿下。これは傑作《けっさく》ですよ」

「そうですよ。レイモンド様のために頑張ったんですから、ちゃんと普段から持ち歩いて、使ってくれないと駄目ですからね」

「これをか……」

「これをです」

　ソフィアは力強く頷《うなず》いた。

「お前、もう少しダイアナから刺繍《ししゅう》を習った方がいい。その……今後のためにも……」

「その必要はありません。殿下もこれを見ればおわかりになるでしょう？」

「見ているからこそ言っているんだが」

「レイモンド様がそうおっしゃるなら……まだまだってことなんでしょうか……やり直した方がいいでしょうか？」

　ソフィアはしゅんとなってユーディルに聞いた。

「いいえ、ソフィア嬢。これで十分です。私が保証します。これ以上の物を刺し直すとなればまた大変でしょう」

「そうですか？　ユーディル様がそう言うなら、いいですよね？」

ソフィアがレイモンドに聞くと、レイモンドは苦渋の決断とばかりに苦々しい顔をしつつも、手の中のハンカチを丁寧に折って胸ポケットに収めた。

「あと、これはユーディル様に」

「私に、ですか？」

ソフィアはもう一枚ハンカチを取り出して、ユーディルに渡した。

「これは……！」

ハンカチを開いたユーディルは、目を丸くして固まった。

「おい……これはどういうことだ？」

横からのぞいたレイモンドの目もハンカチに釘付けになっている。

「え、もしかして名前の綴《つづ》り間違ってました？　うわーごめんなさいっ！」

ユーディルという名前は珍しいので何度も確かめたのだが、それでも間違っていたのだろうか。

すぐに直すので返して下さい、と手を伸ばすソフィアに、呆然《ぼうぜん》としたユーディルが答える。

「いえ、名前の誤りはありません」

「これもお前が刺したのか……？」

「そうですけど」

ハンカチの隅に四つ葉のクローバーをくわえた小鳥が一羽いるだけの、簡単な図案だ。下にユーディルの名前を刺してある。

それほど精緻《せいち》に刺したわけでもない。昨夜ついでにぱぱっと刺しただけだった。

幸せを運ぶという鳥で、刺繍《ししゅう》にはよく使われるモチーフだから、何も問題はないはずだ。

リンデ家には、このモチーフを使ってはいけない、という決まりでもあるのだろうか。

ソフィアが首を傾《かし》げていると、レイモンドが勢いよく立ち上がり、胸ポケットからハンカチを出し直して広げた。

「どうしてわたしのはこんな出来で、ディルのはちゃんとしているのだ！」

「計画書に書いてあるからですが？」

何をわめいているのかわからない、とソフィアはさらに首を傾《かし》げた。

王太子の友人は刺繍《ししゅう》が苦手だとあった。

だからレイモンドに渡す用のハンカチはわざわざ下手に見えるように刺した。ユーディルもそれをわかっていて、ソフィアの下手さを褒めてくれたのだ。

「ソフィア嬢は刺繍《ししゅう》がお上手なんですね。以前手慰《てなぐさ》みに刺す程度とおっしゃっていましたが、専門の職人のような出来映《できば》えです」

ユーディルは、ソフィアの刺繍《ししゅう》の腕が想像以上だったことに感心していた。

「いえ、そんなことは、全然っ」

ソフィアは両手を体の前で振った。

職人のようだ、とまで褒められて、ソフィアは顔を赤くした。それは言いすぎだ。

「計画書にあるからわたしのはこれなのか……」

レイモンドがそう言って、すとん、と椅子に落ちた。

「そうですよ。大変だったんですからね、本当に」

ダイアナの刺繍《ししゅう》の会で、喋《しゃべ》りながら指を刺した振りまでしてもたもたと刺すのは大変だった。実際にわざと指を刺してローゼ家の使用人に手当までしてもらった。

結局その会の間だけでは終わらず、持ち帰って完成させたのだ。とても苦労した。

下手さが足りないと言われるならまだしも、下手すぎると文句を言われるとは、誠に遺憾《いかん》である。

レイモンドはユーディルの持つハンカチをちらりと見たあと、ソフィアに視線を向けた。

「なぜディルにもハンカチを渡すのだ」

「いつもお世話になっているので」

主に計画関連のサポートで。

「お前はわたしの友人だろう」

「そうですけど、ユーディル様ともお友達ですし」

「は？」

さらりと言ったソフィアに、レイモンドが驚きの声を上げた。

「え、違うんですか？」

ソフィアがユーディルに聞くと、ユーディルは困ったように笑った。

「ソフィア嬢は殿下の友人となって頂いただけで、私の友人というわけでは……」

そんな！

「これだけ一緒に過ごしているんですから、もう立派なお友達です。違うって言うなら、今からお友達になりましょう」

この計画のせいで、ソフィアは友達を一人残らずなくしてしまったのだ。

ユーディルが友達になってくれないと、本当に一人も友達がいない可哀相な子になってしまう。

「そのハンカチは友情の証としても受け取って下さい」

「ありがとうございます。ではこれから、私たちは友人ということで」

「はい」

ユーディルが笑顔を返してくれて、ソフィアはほっとしていた。これで正真正銘のぼっちにはならずに済んだ。

微笑み合う二人をじっと見ていたレイモンドが、真剣な顔をして口を開いた。

「おい」

「何ですか？」

「わたしにも、こう……普通のハンカチをくれないか？　わざと不出来にするのではなく、ディルのようなまともな……」

レイモンドが気まずそうに視線を落とした。

「それじゃ意味ないじゃないですか」

せっかく作ったのに、とソフィアは頬《ほほ》を膨らませる。

レイモンドに渡すハンカチは、下手だからこそいいのだ。

どんなに下手くそな刺繍《ししゅう》であっても、ソフィアにもらった物だからと大切に使う、という設定なのだから。

「いや、これも使わせてもらう。これは計画に必要な物だ。ただ……わたしにも、その……」

レイモンドの言葉は尻すぼみになってしまった。目が忙《せわ》しなく動いている。

「ソフィア嬢、殿下はご自分にも『友情の証』が欲しいようです」

「ちが……っ！」

ユーディルの言葉に顔を上げたレイモンドの顔は真っ赤だった。

「いや、ですから、それが友情の証なんですって」

レイモンドの計画上、ソフィアはまだレイモンドに対して親愛以上の感情は持っていないことになっている。だから贈り物は正しく「友情の証」だ。

「計画とは関係のないハンカチが欲しいようですよ」

「えぇー……」

ソフィアは困惑した表情を浮かべた。

刺すのは構わないのだが、元にする無地のハンカチを買わないといけないし、糸ももったいない。

貧乏人の性《さが》である。

でも、まあ、美味しいお茶とお菓子ももらっているから、刺してあげても、いい、かな……？

「べ、別に、嫌ならいい。そこまで欲しいわけじゃない」

レイモンドは顔を横に向けてぶつぶつと呟いた。

あ、そう。

はしごを外されたような気になって、ソフィアはもやっとした。

「じゃあ、なくていいってことで。レイモンド様と私は、計画上はお友達ですけど、本当の関係は、雇用主と被雇用者ですから」

「雇用主……」

「王太子様と男爵家の娘がお友達になるのもおかしな話ですし。……あれ？　てことは、公爵令息様とお友達というのも変なのかな？　――あっ」

後半、ぶつぶつと呟いたソフィアは、はっと顔を上げた。

「私そろそろ帰ります。課題出てたんでした！」

先日出ていた課題が手つかずだったことを思い出した。提出期限は明日だった。

ソフィアがさっと席を立つ。

「ごちそうさまでした」

「おい――」

レイモンドが引き留める前に、ソフィアは礼を言ってその場をあとにした。

＊　＊　＊　＊　＊

ソフィアの後ろ姿が見えなくなったあと、レイモンドは、ソフィアにもらったハンカチの自分の名前（と思われる）部分を親指でなぞり、はぁ、とため息をついた。

「殿下の計画通りではありませんか」

「それはっ、そう、なのだが……」

またもレイモンドの言葉は尻すぼみになってしまう。

「はっきりと欲しいとおっしゃれば、ソフィア嬢は刺して下さったと思いますよ」

「ほ、欲しいなどと思っていない。ただ……ただ、こんな不出来なハンカチばかり持ち歩いていられないと思っただけだ」

「そうはいきません。それを頻繁《ひんぱん》に使って頂かなければ、ソフィア嬢の苦労が報われませんので」

「もちろんこれも使う！」

「殿下は他にもたくさんハンカチをお持ちでしょう？　ダイアナ嬢からも贈られているではありませんか」

「そういう、問題、ではない……」

ならばどういう問題なのか、というのはレイモンド自身にもわからなかった。ソフィアがユーディルにハンカチを渡しているのを見て、何だか無性に腹が立ったのだ。

「何だ」

ユーディルが何か言いたげな目で自分を見ていたので、レイモンドは不機嫌を隠そうともせずに聞いた。

「……いえ、何でもありません」

ユーディルは首を振ったが、何かを黙っているのが余計に露《あら》わになるだけだった。

「帰るぞ」

イライラした気分のまま、レイモンドは王宮へと戻った。

＊＊＊＊＊

その日ソフィアは、レイモンドとの三人のお茶会に、教本を持ち込んでいた。講義でどうしてもわからないことがあったからだ。

席に座るなり、ソフィアはさっそく教本を開いた。

「ユーディル様、教えて頂きたいことがあるんです」

「私でお答えできることなら」

ソフィアはユーディルを頼った。レイモンドは初めからあてにしていない。

「何だ。疑問ならわたしが答えてやる」

広げた教本を、レイモンドがのぞき込んできた。わざわざ席を立ってユーディルとソフィアの間に来てまで。

「えぇー……レイモンド様、わかるんですか？」

「馬鹿にするな」

「だって前、全然駄目だったじゃないですか」

ソフィアは、以前レイモンドに王国の情報を聞いた時のことを持ち出した。

「ふん。わたしにだってわかることはある」

「まあ、いいですけど」

ソフィアはレイモンドには全く期待せずに、ユーディルに教えてもらうつもりで疑問を口にした。

しかし意外にも、答えたのはレイモンドだった。そしてそれは非常にわかりやすい説明だった。

「え、すごい、レイモンド様って勉強できたんですね」

「お前はわたしを誰だと思っている」

「王太子殿下、かっこ王国のことを全く知らないかっこ閉じ」

「お前なぁ！　……ふんっ、いつまでもあの時のわたしではない」

他にも聞いてみろ、と言われ、ソフィアは前に聞いた王国のことを再びレイモンドに聞いた。

しかし、予想に反してレイモンドはすらすらと全て答えてしまう。

続けて別のことも聞いてみたが、それもちゃんと回答があった。正解であることはユーディルのお墨付きだ。

「すごい」

「このくらい軽いものだ」

ソフィアが目を丸くして言うと、レイモンドはドヤ顔をした。

「殿下はあれから猛勉強なさったんです」

「おいっ」

さらりと漏《も》らしたユーディルを、レイモンドがにらみつける。

「令息を茶会に呼んでいるのも、各地の話を聞くためなんですよ。最近忙しくされているのは、政務をなさるようになったからです」

「え？」

ソフィアはびっくりして声を上げた。

まだ王位を継いでいないから政務をしていない、と聞いたのはつい数ヶ月前のこと。

その後ソフィアは周囲の噂《うわさ》話を聞き、本当にレイモンドは何もしておらず、国の重鎮《じゅうちん》たちも陰で呆れている、という事実をつかんでいた。

それが今はちゃんと王太子の仕事をしているという。

「ディル！」

ユーディルの口がレイモンドの手によって塞《ふさ》がれた。

「それはっ、だなっ、王族として当然のことで――」

慌てて言い募《つの》るレイモンドに、ソフィアは拍手を送った。

「すごいです、レイモンド様。見直しました」

王太子たるものそれくらいできていて当たり前なのだが、自身が至らないと知ったあと、努力し改善しようとする姿勢は称賛に値する。

しかもあのレイモンドが、である。

「そ、そうか？」

「はい。変わろうとするのは素晴らしいことです。偉いです」

「っ！」

レイモンドが息を呑《の》み、片手で口を覆《おお》って顔を逸《そ》らした。顔が真っ赤になっている。

「照れてるんですか？」

「見るな！」

いつもの傲岸不遜《ごうがんふそん》な様子とは全然違う。

かわいい。

こんな一面もあったのか、とソフィアはふふっと笑った。

その自然な笑顔を見て、レイモンドの動きがぴたりと止まる。

どうしたのだろう、とソフィアが首を傾《かし》げると、レイモンドははっとした。

「ああっ、くそっ！」

レイモンドがわしゃわしゃと髪をかき混ぜる。

「他にも何かあるなら言えばいい！　わたしにとっては容易《たやす》いことだからなっ！」

「え、いいんですか？　ならせっかくなので――」

この時、レイモンドは「他に質問があれば答える」という意味で言ったのだが、ソフィアは全く別の意味に捉えた。「他にも欠点があれば直すから言え」という意味だと思ったのだ。

「第一に、愚痴《ぐち》や不満が多すぎます。毎回お茶会のたびに言ってますよね。聞いていてものっすごく不快です。ユーディル様や令息方は聞き流しているようですが、結構ストレスがたまっていると思います。っていうか、だいたい大したことないことですよね。そんなに不満に思うことですか？　少しくらい気にしないでいられないんですか？　心の狭さが浮き彫りになって小物臭がします。もう少しどっしり構えたらどうでしょう」

「こ、小物……？」

レイモンドが絶句した。

「二つ目に、他の方や使用人に対する態度がひどすぎます。一つ目の、いつも不満たらたらっていうのにも関係しているんですけど、人のやることなすこと全部気に入らないって感じですよね。感謝の気持ちとかないんですか？　気遣いって言葉知ってます？　偉いんだから偉ぶって当然、傅《かしず》かれて当然っていう態度、やめた方がいいと思います」

「はぁ？」

「三つ目、頑固すぎます。自分の信念を貫くことは大切ですが、人の意見を聞くのも大事です。特に偉い人は、一つ一つの決断が大きな影響を及ぼすんですから、いろんな意見を鑑《かんが》みて、慎重に物事を決める必要があります。今のレイモンド様は自分でこうと決めたら絶対に譲りませんよね。せっかくユーディル様がいつも一緒にいらっしゃるんですから、ユーディル様の意見も聞いて下さい」

「聞いているだろう!?」

どんっとレイモンドがテーブルを拳で叩いた。

「四つ目、権力を私的利用するのはよくありません。この前のお茶会の時も、他の人の予約が入っていたのに、無理やり割り込んだって聞きました。先約が優先されるのは当然のことです。緊急事態でも何でもないのに横入りする正当な理由があったんですか？　ミスをした使用人をクビにしたって話も聞きました。重大なミスなら当たり前ですけど、ミスの大きさに則した処分でしたか？　そういうことはその場の気分で決めるものではありません。偉いからって何でもかんでも許されると思わないで下さい」

「お前っ!?」

「五つ目――」

ソフィアはレイモンドのさらなる欠点を口にしようとして、ちらりとレイモンドを見、手で口を押さえた。レイモンドが真っ赤な顔で目をつり上げていたからだ。

「っとぉ……私、用事があるので、今日はこれで失礼しますねー」

これはまずい、とソフィアは思った。言いすぎだ。日頃感じていた不満を包み隠さずぶちまけてしまった。

ささっと立ち上がり、せめてものお詫びとばかりに久しぶりの完璧な挨拶《カーテシー》を披露して、すたこらさっさと逃げ出した。

＊　＊　＊　＊　＊

「何なんだあいつは！　わたしが王太子だとわかっているのか!?」

レイモンドは、再びダンッと両手の拳をテーブルに振り下ろした。

がしゃん、とカップがソーサーの上で跳ねる。

「大丈夫です。わかっていらっしゃいます」

「あのようなこと、誰にも言われたことがない！」

「ソフィア嬢だからこそ言えたことでしょうね」

なだめたユーディルに、レイモンドは食ってかかった。

「愚痴《ぐち》や不満が多いだと？　他人への態度がひどすぎる？　あとは――」

「頑固と権力の私的利用でしたか」

「そうだ！　断じて違う！　わたしはそんな、そんな――」

そこまで言ってレイモンドは口を閉じた。少し考え込むような仕草を見せる。

「――もういい。戻る」

それ以上は何も言わずに、レイモンドは席を立った。

第五章　想定の範囲内です

「またなのね……」

ある朝、ソフィアは寮の自室の扉を開け、その前に置いてある物を見て、ため息をついた。

ネズミの死体が三匹分。ご丁寧に頭の向きをそろえて縦に並べてあった。

普通の令嬢ならば悲鳴を上げるところだろう。

しかしソフィアは、実家で罠にかかったネズミを見慣れていたし、なんなら自分で水に沈めて処分までしていた。今さらネズミの死体ごときでどうこう思わない。

最初こそ驚いて声を上げてしまったが、それは危うく踏みそうになったからだ。扉を出る時に心構えができていれば怖くない。

ソフィアは三匹のネズミを大きく跨《また》ぎ、玄関までの間に見かけたメイドに片づけを頼んだ。

どうせ廊下の掃除の時に見つけるだろうが、これは他の令嬢の心臓に良くない。早く片づけるに越したことはないだろう。

メイドは嫌そうな顔でソフィアを見た。

その理由をソフィアは知っている。面倒なことを押し付けるなという意味ではない。メイドたちを困らせるために、ソフィア自身がやっていると疑われているのだ。

最初は、何がどうしてそんな発想になるのか、と疑問だったが、これも嫌がらせの一環なのだと思い当たった。誰かがそういう疑惑を流しているのだろう。

侍女を連れてきていないソフィアは、寮付きのメイドに嫌われてしまうと、色々と不便なことになる。洗濯物がなかなか返ってこない、とか。

そう、ソフィアは嫌がらせを受けていた。

自室前の贈り物の他にも、いつの間にやら持ち物が池に落ちていたり、建物の上から水が降りかかってきたりと、その内容は多岐に亘《わた》る。

心当たりは多分にある。

もちろん、レイモンドとお近づきになったせいでもあるのだが、原因はそれだけではない。

ソフィアは刺繍《ししゅう》の会の数日後にあった出来事を思い起こした。


「あの、これ……」

講義中、横に座っていた令嬢が、こそっとソフィアに声をかけ、折りたたまれた紙を差し出してきた。

こうやって講義中に秘密の手紙をやり取りするのが、令嬢たちの中で流行《はや》っていた。回ってきたら、宛名を確認し、その相手に回るように次の令嬢に手渡すのが暗黙のルールだ。

しかし、ソフィアはそのルートから外されていて、手紙が回ってきたことは一度もなかった。

正しくハブられている。

それが突然どうしたのだろう。

宛名を見て驚いた。

なんとソフィア宛だったのだ。

初めて手紙をもらえた、と喜べるわけもなく、面倒なことになりそうだ、と思った。良いことが書いてあるとはとても思えない。

開いてみると、放課後にお話がしたいという内容が書かれていた。指定されたのは、校舎の端にある使われていない講義室で、人気《ひとけ》が全くない場所だ。お話といっても、きゃっきゃうふふなガールズトークではないことは明白だった。

手紙の差出人は伯爵令嬢で、非公式な招待状とはいえ、男爵令嬢のソフィアが正当な理由なく断るのは難しい。

それに、たとえ今回断ったところで、また別の日に呼び出されるだけだろう。

ソフィアは誘いに応じることにした。


放課後、指定の講義室に入ってみると、そこにはすでに六人の令嬢がスタンバっていた。ご丁寧に扉をぴったりと閉められてしまう。

「ソフィア・アーシュ」

最初に口を開いたのは、差出人の伯爵令嬢だった。

その隣には別の伯爵令嬢がいて、後ろに四人の令嬢が従うように並んでいる。確か子爵家と男爵家の令嬢だ。

六人とも、ダイアナと親しい令嬢たちだった。特に前に立っている二人は、ダイアナといつも行動を共にしている令嬢だ。

ダイアナに言われてきたのだろうか。だとしたらまた一歩前進だ。刺繍《ししゅう》の会で頑張った甲斐《かい》があった。

本人がいないのも個室なのも、ダイアナの評判を貶《おとし》めないという意味で最高である。

「あなた、レイモンド様のお近くにいすぎではなくって？」

「近くにいすぎ？　どういう意味でしょうか？」

ソフィアは大げさに眉根を寄せた。

「レイモンド様にはダイアナ様という婚約者がいらっしゃるのよ」

「知らないなんて言わせませんわ」

「もちろん知ってますよ？」

きょとん、とした顔で聞き返す。

「まぁっ！」

「それなのに、つきまとうなんて浅ましいですわ」

「そんな、私っ、つきまとってなんか……！」

ソフィアは胸の辺りで両の拳を握り、訴えかけるように言った。

少々大げさすぎるくらいがちょうどいい。

「他の殿方とも交流があるようですね」

「あの方々にも婚約者がいらっしゃるのよ」

伯爵令嬢二人の言葉に、後ろの四人がうんうんと頷《うなず》く。

「交流って、レイモンド様のお茶会のことですか？　あれは、だって、レイモンド様が誘ってくれるから……」

「あなたのような娘がレイモンド様のお茶会に出席するなんて。身の程を知るのがよろしくてよ」

「お断りするのが当然だわ」

「レイモンド様のお誘いをお断りするなんて、失礼な真似《まね》はできません！」

なぜなら相手はあれでも王太子様だ。招待されたのなら、むしろ万難を排して参加するのが当然ではないか。

ソフィアの正論に、令嬢たちは「うっ……」と言葉に詰まった。

「みなさんもお茶会に参加できるよう、私がレイモンド様に頼んであげましょうか？」

「そ、そんなことはなさらなくて結構よ！」

「あなたからの施《ほどこ》しなんて不要ですわ！」

「施《ほどこ》しだなんて……私はただ、みなさんともお茶会ができたらいいなって思っただけで……この前の刺繍《ししゅう》の会もとても楽しかったですし……」

ひどい、と眉毛を下げる。

「いけしゃあしゃあと！　あの会では、あなた自慢ばかりだったじゃないの！」

「自慢？　何のことですか？」

レイモンドと親しいことを誇示《こじ》したと思われているのだが、友人にそんなつもりは毛頭ない。

「く……っ」

「そうそう、刺繍《ししゅう》と言えば！」

「レイモンド様にハンカチを差し上げたそうね」

「目にした方によると、それはそれはひどい出来だったそうよ」

「え？　レイモンド様、使って下さっているんですか？　嬉しい！」

ソフィアが喜びに目を輝かせると、令嬢たちは絶句した。本当に空気が読めない。

「わ、わたくし、刺繍《ししゅう》の会で途中まで拝見しましたけれど、何を描いているのか全くわかりませんでしたわ」

「刺繍《ししゅう》も満足にできないなんて、恥ずかしくないのかしら」

「それもダイアナ様と同じ、リンゴの木をモチーフにしたそうじゃないの」

「わざとしたんでしょう。烏滸《おこ》がましいわ」

ソフィアはたまらず両手で顔を覆《おお》った。口角が上がりそうになったからだ。

なかなか噂《うわさ》が聞こえてこないので、頑張って下手に刺した刺繍《ししゅう》が無駄になってしまったかと思っていた。デザインにまで言及してくれて嬉しい。

本当の腕はユーディルが褒めてくれたので、何とも思わない。職人のようだというのはお世辞にしても、人並みには刺せるのだ。

表面上は浴びせかけられる言葉に傷ついたように見せかけてはいたが、ソフィアはむしろ喜んでいた。

だが、そこに一石が投じられる。

「アーシュ男爵家は、娘一人の教育もろくにできないほど困窮《こんきゅう》しているご様子」

「お金がないと品位まで落ちてしまうのですわね」

「同じ男爵位を賜《たまわ》っている家の娘として嘆《なげ》かわしい限りですわ」

「爵位を返上した方がよろしいのではなくて？」

家のことを言われたソフィアは、かっと頭に血を上《のぼ》らせた。反射的に言い返しそうになったのを、奥歯をぐっと噛みしめて耐える。

家を悪く言われることも折り込み済みだ。ソフィアはそれだけの振る舞いをしている。これは取り引きの対価のうちなのだ。

先日レイモンドにしてしまったように、感情に任せて反論したりしてはならない。

ソフィアは湧き上がった怒りはそのままに、慎重に言葉を選んで口を開いた。

「私が至らないからって、家族を悪く言うのはやめて下さい……！」

「あら、至らない自覚はおありですのね」

「わたくしが指南して差し上げましょうか？」

「時間の無駄になるだけですわ」

令嬢たちは声を上げて笑った。

ソフィアは悔しそうな顔を向けた。実際悔しい。ソフィアはちゃんとした教育を受けていて、本当は相応の振る舞いもできるのに。

これはただ、できない娘《こ》を演じているだけなのに……！

彼女たちはソフィアの表情を見て溜飲《りゅういん》が下がったらしい。

「とにかく、今後レイモンド様や他の殿方からは距離をお置き下さいませ」

「ご自分の身分と立場をよくお考え下さい」

俯《うつむ》くソフィアにそう言い捨てると、令嬢たちは足音高く部屋から出ていった。

そこから嫌がらせが始まり、現在まで続いている。

ソフィアはレイモンドと離れるわけにはいかないし、レイモンドが令息たちを茶会に招待する以上、令息たちと接しないわけにはいかない。一度出席を拒んだのだが、わたしの友人だろう、と言われてしまうと従うしかなかった。

「あら失礼」

放課後、レイモンドのお茶会へと向かおうと支度をしているソフィアに、令嬢の一人が、どんっとぶつかってきた。衝撃はそれほど強くなかったものの、机の角がお腹に突き刺さって地味に痛かった。

それでもソフィアは、大丈夫です、とにこりと笑って答えるのだった。悪意には鈍感でいなければならないのだから。


学園に複数ある庭園には、それぞれ離れた位置に複数のテーブルセットが置いてあり、レイモンドはいつも貸し切りにしていた。

そういえば、最近レイモンドが先約を無視して強引に予約をねじ込んだという話を聞かない。

ソフィアが庭園に姿を現すと、珍しくレイモンドが立ち上がってソフィアの方へと歩いてきた。

非常に不機嫌な顔をしている。

何かあったのだろうか。とうとうダイアナに愛想を尽かされてしまったとか。

険しい顔のまま、レイモンドはソフィアの腕を乱暴につかむと、ずんずんとテーブルへと引っ張っていった。

「いっ、レイモンド様、痛いです」

「座れ」

空《あ》いている席の後ろに放られる。

人払いをしているのか、いつも椅子を引いてくれる使用人は離れたところで待機していて、ソフィアは自分で椅子を引いて座った。

ソフィアが正面のレイモンドに目を向けると、レイモンドは怒気を含んだ声を出した。

「わたしに何か言うことはないか」

レイモンド様に言うこと？

思い当たるのは、この前、レイモンドをボロクソに言ったことだった。レイモンドは謝罪を要求しているのだろうか。今頃になって？

「……申し訳ございませんでした」

よくわからなかったが、ソフィアはとりあえず頭を下げた。とにかくレイモンドは怒っているのだ。いつものわめき散らす怒り方とは違っていて、本気なのだとわかった。

「なぜ黙っていた」

レイモンドは眉間のしわをさらに深くした。

「ええと……」

ソフィアは困ってしまった。何のことだかわからない。

ユーディルに視線を向けるが、こちらも険しい顔をしていた。どうやらユーディルまでもを怒らせてしまったらしい。

「このところ何度か人気《ひとけ》のない場所に行っているらしいな」

冷え冷えとした口調だった。

「疚《やま》しいことは何も。会っているのは女性です」

「知っている！」

どこかの令息といかがわしいことをしているのかと疑われたのだと思ったが、そうではないようだ。

「女生徒たちに呼び出されているそうではないか。何を言われた」

ソフィアは顔をゆがめた。ついにレイモンドの耳に入ってしまった。

「特には。お友達とお喋《しゃべ》りをしているだけです」

「隠すな！」

「……レイモンド様に近すぎる、とちょっと文句を言われただけです」

「ちょっとだと？　それに言葉だけではないだろう！　あれらを些細《ささい》なことだとでも言うのか⁉」

あれら。

レイモンドは知っているのだ。ソフィアが何を言われているのかを。何をされているのかも。

「そうです。大したことありません」

「大勢に囲まれて長時間責められるのが？　教本をズタズタにされるのが？　それとも噴水に突き落とされることがか？」

……やはり、全部知られてしまっていた。

「そうです」

ソフィアは平気な顔をしてもう一度言った。

「ふざけるな！」

レイモンドがガンッとテーブルを拳で叩く。

「なぜわたしに言わない！」

「言っても仕方がないからです」

「わたしならすぐに止《や》めさせられる！」

ソフィアは首を振った。

「余計に陰湿になるだけです。女はレイモンド様が思っているよりも怖いんですよ」

「このまま黙って見ていろというのか！」

「私は大丈夫です」

「大丈夫なものか！」

レイモンドが立ち上がり、ソフィアに再び近づいた。先ほどつかまれなかった側の腕を取られ、ぐいっと袖《そで》を引き上げられる。

わざわざ長袖《ながそで》を着ていたソフィアの白い腕が露《あら》わになった。

ソフィアの腕には、ミミズ腫《ば》れができていた。すれ違いざまに、扇で叩かれた痕だった。

「体の傷なら治ります。残るような傷でもありません」

ソフィアはため息をついて袖《そで》を下ろした。

「残る残らないの問題ではない！　これはわたしの方で対処する」

「やめて下さい。迷惑です」

「迷惑だと？」

「はい」

ソフィアはレイモンドの目をまっすぐに見た。

「これはレイモンド様の計画書を読んだ時から覚悟していたことです。婚約者であるダイアナ様を余所《よそ》に一介の弱小貴族の娘が王太子様に近づけば、当然こうなります。これは家の借金を肩代わりしてもらった対価に含まれます」

「わたしはそこまでさせるつもりは！」

「レイモンド様がどういうつもりだったとしても、この計画を遂行するためには避けて通れない道です。大丈夫です。計画の間くらい、なんとかなります」

「いいや駄目だ」

「なら、この計画を中止して下さい」

「それは……」

レイモンドが顔をゆがませた。

できないだろう。レイモンドはダイアナのことが一番なのだから。

「私も自分の身がかわいいんです。エスカレートされたら困ります。レイモンド様が介入したら絶対にひどくなります。このまま続けるのなら、この件は放っておいて下さい」

ソフィアは席を立った。

まだ紅茶にもお菓子にも手をつけていなかったが、これ以上は議論する意味がない、という断固たる意思表示だ。いくら話してもレイモンドは納得しないだろう。

ああそうだ、と一度だけ振り返る。

「言っておきますが、ダイアナ様が絡んでいる様子は一切ありません。計画の成果として見たら残念ですが、レイモンド様のご婚約者様がそういったことをしない方で良かったです」

嫌がらせはダイアナと最も親しい令嬢たちから受けていたが、彼女たちはダイアナの目を盗んでやっていて、自主的な行動なのだろうと思われた。少なくともダイアナが首謀している様子はない。

レイモンドはぽかんとしていた。ダイアナが犯人の可能性など露《つゆ》ほども思わなかったのだろう。

言った通り、計画としては上手く運んでいないことの証左である。

だが、好きな女性の潔白を疑わずにいられるというのは、幸せなことだ。

ソフィアは薄く笑って踵《きびす》を返した。

「このままにはしないからな……！」

背後で喉から絞り出すようなレイモンドの声が聞こえたが、ソフィアは無視した。

＊＊＊＊＊

「くそっ！」

レイモンドは悪態をつき、拳を振り上げた。

だが、その手がテーブルへと振り下ろされることはなかった。

「なぜわたしを頼らない……！　わたしはそんなに頼りないか？」

「殿下が頼りないということではないのでしょう」

「お前も実際見ただろう！　あんな傷を負っているんだぞ？　痕は残らないと言っていたが、残るような傷を負わされたらどうする！」

レイモンドは自分の前髪を片手でわしゃわしゃとかき乱した。

「あいつは、わたしが介入すると悪化すると言っていた。しかし、このままにしておくわけにはいかない。なんとかしなければ」

レイモンドが唇を噛みしめた。

このような事態になることを想定できていなかったことを悔《く》いているのだ。

ソフィアが周囲から爪弾《つまはじ》きにされる程度と考えており、ここまで陰湿な嫌がらせをされるとは思っていなかった。

「学園内の人手を増やしておきます。人目があれば彼女たちも手は出せないでしょう」

「いいや、それだけでは足りない。あいつの言う通り、隙があれば悪化するだけだろう。完璧に対処しなければ」

レイモンドは決意を口にしたあと、ギラリと目を光らせた。

「それと、実行者を炙《あぶ》り出せ。これは立派な傷害事件だ。しかるべき罰を与える。言葉くらいでは処罰できないが、傷をつけたとなれば話は別だ。あいつは証言しないだろうから、目撃情報と証拠を集めろ」

「証拠ですか」

ユーディルが驚いて復唱した。

「何だ」

「いえ、目撃情報だけではないのだな、と」

「司法局に引き渡すのだから当たり前だろう」

「殿下が直接処罰するのではないのですか？」

レイモンドが目線を落とした。

「……そういうことは、もうやらないと決めた」

「そうですか」

ユーディルが感心したように言った。レイモンドは、勝手に処罰するな、と言ったソフィアの言葉を気にしているらしい。

これは、ひょっとして――

「あの、殿下」

「何だ」

ユーディルは自分の考えをレイモンドに言うか迷った。言うことが正解なのかがわからない。

「……いい心がけだと思います」

結局、ユーディルは口にしないことを選択した。

＊　＊　＊　＊　＊

次の日から学園内の人が増えた。空《あ》き教室にも警備と称して見回りがやって来る。レイモンドが指示したのだろう。

どこにいても人の目があり、ソフィアが陰で嫌がらせをされることはなくなった。

それでも「うっかり」足を引っかけられたり、「偶然」ぶつかられたりすることもあるだろうと思いきや、それもなくなった。

レイモンドがソフィアにつきまとうようになったからだ。

「休み時間のたびにわざわざ来なくても……」

次の講義室へ移動しようとしていたソフィアは、廊下で顔を合わせたレイモンドに呆れた声を出した。

「お前のために来たわけではない。他の学年の生徒とも交流を持とうとしているだけだ」

「そうですか」

令息との交流なら茶会でしているじゃないか、とは言わなかった。レイモンドは善意でしてくれているのだ。黙って受け取るのが正しい。

ソフィアはチクリチクリと突き刺さってくる周囲の視線を、笑顔で受け止めていた。

そんなふうに、ソフィアの元に足繁《あししげ》く通っていたレイモンドだったが、常に暇というわけではないらしい。徐々に会いに来る頻度が下がっていった。

かといって、ソフィアが一人になるわけではなかった。

レイモンドの代わりにとばかりに、数人の令息がソフィアに張り付くようになったからだ。

訳はユーディルに聞いた。レイモンドが頼んだそうだ。ソフィアを一人にしないでくれ、と。命じたのではない。

レイモンドが政務をするようになり、裁量が増えたことで、彼らに便宜《べんぎ》を働けるようになったらしい。

一体どんな取り引きをしたのか。権力を私物化するなと言ったはずなのに。

レイモンドのお茶会以外で話すことのなかった彼らだが、講義室で、廊下で、寮までの行き帰りで、常に二、三人の令息がソフィアと行動を共にするようになった。

全員、見た目も家柄も素行もいいという超上玉。他の生徒たちがおいそれとソフィアに手を出せない人選だった。

宰相《さいしょう》の息子、騎士団長の息子、近衛騎士の従弟《いとこ》、ユーディルの弟、果てはフレデリック王子まで。

そこにレイモンドとユーディルが加わると、太陽がもう一つあるんじゃないか、というくらいにキラッキラとした空間になる。

唯一彼らが張り付けないのが寮の中。男子禁制だからだ。

そのため、ソフィアには侍女が二人あてがわれた。畏《おそ》れ多くも王家に仕える侍女である。実家にすら侍女がいないのに、突然世話をされるようになったソフィアは大変に困惑した。

しかもその実体は実家が伯爵家という由緒正しい貴婦人だった。男爵令嬢のソフィアに仕えるような身分ではない。

それでもレイモンドの人選はやはり完璧で、彼女らは献身的にソフィアに尽くした。丁寧に扱われるたびにソフィアは涙目になる。

部屋の扉の前に虫の入った箱やネズミの死体を置こうものなら、片づけるのは彼女らであるから して、自然、そういう嫌がらせはなくなった。

彼女たちが世話をしてくれるお陰で、ベッドに濡《ぬ》れたシーツが敷かれていることも、ただでさえ少ないドレスが洗濯からなかなか返ってこないことも、食事がスープだけなんてこともなくなった。

レイモンドが動けば嫌がらせが悪化するから、とレイモンドから差し伸べられた手を断ったソフィアだったが、ここまで徹底的にガードされればさすがに害が及ぶことはなかった。

突き刺さってくる視線の鋭さや、すれ違いざまに呟かれる悪態の辛辣《しんらつ》さは増したが、実害は全くない。

外では常にイケメンが側にいて逆ハーレム状態。寮に戻れば侍女が甲斐甲斐《かいがい》しく仕えてくれる。

嫌がらせもなくなった。これ以上のことはない。

だが、ソフィアは喜びきれなかった。

一人でいる時間が減ったせいで、常時演技をし続けなければならなくなり、身も心もへとへとになっていたのだ。長時間素でいられるのは、寝る時とレイモンドとのお茶会くらいだった。

それでもソフィアが頑張り続けられたのは、ダイアナの存在があったからだ。

ダイアナはソフィアを見かけるたびに、悠然《ゆうぜん》と微笑んできた。ソフィアの存在など全く気にしていないと言わんばかりに。

刺繍《ししゅう》の会で動揺させた効果が薄れてきているようだ。

成果を出さねば家を救えない。

ソフィアは引きつりそうになる頬《ほほ》の内側を噛んで、天真爛漫《てんしんらんまん》な笑顔を維持するのだった。

第六章　遠乗りに出掛けます

「ソフィア嬢」

「はい」

休み時間、講義室で令息たちと会話をしていたソフィアは、廊下からユーディルに呼ばれた。珍しくレイモンドが一緒ではなかった。

廊下の突き当たりに連れて行かれる。興味津々《きょうみしんしん》の生徒たちも、話が聞き取れる場所までは近づいてこられない場所だ。

令息たちはついてこなかった。ユーディルがいれば安全だからだ。

話を聞かれない場所に移動したはずなのに、ユーディルは聞き耳を立てている生徒たちの方に一度目を向け、わざと声高く言った。

「殿下が明日の休みにソフィア嬢を遠乗りにお誘いしたいそうです」

「遠乗りですか？」

「今夜のうちに、お部屋に乗馬服など運ばせます。昼前に出発しますので、それまでにご準備をお願いします」

ソフィアが目をぱちくりとしている間に、ユーディルは立ち去ってしまった。

遠乗り？　なんで？

……もしかして、ずっと前に話したあれ？

ソフィアはだいぶ前に、遠乗りが好きだと言ったことを思い出した。ダイアナに刺繍《ししゅう》の会に誘われた時だ。

あれはあくまでもポーズだったのではないのか。

お礼のために、と刺繍《ししゅう》の会に行く口実にしたが、会にはもう行ったし、レイモンドにもすでにハンカチは渡してある。

どうして今さら？

またいつもの思い付きだろうか。

何にせよ、遠乗りは計画書になく、業務外だ。しかも休みの日に付き合わされるなんて嫌だ。

だが、ユーディルは断る暇をくれなかった。ソフィアが断ると踏んでさっさと去ったのだろう。

ユーディルの言葉を聞いていた生徒たちも、このニュースを広めるべく、すでにこの場からいなくなっている。

もう断ることはできないのだった。


翌朝、宣言通りにリンデ公爵家の使いが寮を訪れ、ソフィアを乗馬スタイルに仕上げていった。

乗馬服やブーツはソフィアの身体にぴったりだった。

どうやってサイズを調べたのか。アーシュ家が使っている仕立屋から手に入れたのだろうか。公爵家は何でもできるらしい。

そしてこれまた知らされた通りに、昼前に迎えが来た。王家の紋章がついている馬車が三台も。

前後に騎乗した護衛の近衛騎士をぞろぞろと連れていた。

寮の門前に一台の馬車が止まり、御者《ぎょしゃ》が扉が開くと、レイモンドが降りてきた。

「レイモンド様？」

てっきり馬に乗って来るものだと思っていたソフィアは、レイモンドが馬車から現れたことに驚いた。

「ふん、それなりだな」

驚くソフィアを上から下まで眺めて、レイモンドはソフィアの乗馬姿をそう評した。

「ほら、行くぞ」

手を差し出されて、ソフィアは手を重ねた。よくわからないが、従うしかない。

「そっちだ」

進行方向とは逆を向く下座に座ったソフィアに、レイモンドがあごで指示をする。

「え、でも……」

王太子と馬車に乗るのに、ソフィアが上座に座るわけにはいかない。

「いいからそっちに座れ」

「はぁ、レイモンド様がそう言うなら」

ソフィアは首をひねりながら上座に座った。

馬車に乗り込んだレイモンドは、向かいに座ると、御者台《ぎょしゃ》へ通じる小窓を開けて出発するようにと告げた。

「王宮に向かうんですか？」

「いいや、このまま出掛ける」

「え？　馬は？」

遠乗りに行くのではなかったのだろうか。

ソフィアは目の前のレイモンドをしげしげと眺めた。

レイモンドも乗馬服を着ている。装飾を排したそれは、しかしレイモンドが着ているとなぜか豪華に見えてしまうから不思議だ。ソフィアも同じくらい上等な服を着ているはずなのに、着る人が違うとこうも違って見えるらしい。

「馬は連れてきている。馬で街を走ると護衛がしにくいと言われた。だから郊外までは馬車だ」

レイモンドが口をへの字にした。

「へぇ。そういうものですか」

「お前がいるからだぞ」

「え、そうなんですか？」

「二人乗りだと、何かあった時に素早く逃げられないし、応戦もできない」

「え？」

ソフィアは驚きの声を上げた。

「言っておくが、お前が重いという話ではないからな。人間が二人も乗ればどうしても馬の速度は落ちる」

「いえ、そうではなくてですね、私はレイモンド様と二人乗りをするんですか？」

レイモンドの眉根が寄った。

「乗せてやると言っただろう」

「そうですけど、まさか本当にレイモンド様に乗せてもらうとは思っていなくて。ユーディル様か騎士様に乗せてもらうのかと」

誰が王太子様に乗せてもらうだなんて言葉を信じるのか。

「あれ、そういえばユーディル様は？」

ユーディルがいないことに、ソフィアは今になって気がついた。

「ディルはいない」

「えっ」

「何だ。不満なのか」

レイモンドの顔が険しくなった。

「いいえ。驚いただけです」

誘いを伝えてきたのも乗馬服を用意してくれたのもユーディルだし、彼は大抵いつもレイモンドの隣にいる。てっきり今回も一緒なのかと思っていた。

「ディルがいない方が効果的だろう」

「それはそうですが」

二人だけの遠乗りの方が、確かに計画の効果は高い。

だが、見慣れているユーディルがいないと何だか落ち着かない。

それにレイモンドが変な行動を起こした時に、制止してくれる人がいないことになる。

うっかり怒らせて馬上から落とされそうになったらどうしよう。

……さすがにそれはないか。

「ディルと馬に乗るのは良くて、わたしとは嫌なのか？」

「嫌だとか、そういう問題じゃなくてですね」

「嫌でないのならいいだろう」

レイモンドが口をとがらせて、ぷいっと顔を背けた。

「そうですけど、人目がないのなら、友人として仲のいい振りする必要はないのでは？」

「な……!?」

レイモンドがソフィアに顔を向けて目を見開いた。

誰も見ていない郊外で二人乗りをして何の意味があるのだろうか。どうせ二人で乗るなら街の中でしないと。

馬車に乗っている今も、窓から中が見えるとはいえ、通行人からは誰が乗っているかまでは見えない。

これでは二人で遠乗りに出掛けたこともわからないかもしれない。

「うるさい。もう決めた」

「そうでございますか」

再びぷいっと顔を背《そむ》けたレイモンドに、ソフィアは淡々と答えた。


馬車が止まったのは、森の中にある湖のほとりだった。

日の光はほどよく木々に遮《さえぎ》られて柔らかく射し、湿った土の匂いがした。川から湖に流れ込んでいるのか、水の音が聞こえる。どこからか鳥の鳴き声もした。湖面に映る空は真っ青だ。

「わあ」

レイモンドの手を取って馬車から降りたソフィアは、感嘆《かんたん》の声を上げた。

「鹿狩りもできる森だ」

「鹿がいるんですか？」

「ああ、運が良ければ会える」

「楽しみです！」

二人の前に、一頭の馬が引いてこられた。背には二人乗り用の鞍《くら》が載せられている。全身真っ黒な馬だった。普段馬を見慣れていないソフィアにも、見事な馬だとわかる。

「メリーという」

「美人さんですね」

ソフィアは乗馬は初めてだが、馬と接するのは厳密には初めてではない。友達の家で触らせてもらったことが何度かある。

とはいえ素人《しろうと》同然だ。間違えてはいけないから、とレイモンドが丁寧に接し方を教えてくれて助かった。

メリーはとても大人しい馬で、ソフィアが手のひらに乗せた角砂糖をすぐに食べてくれ、恐る恐る触っても嫌がらなかった。

「よし。乗ってみるか」

「はい！」

先にレイモンドがメリーに跨《また》がり、騎士に腰を持ち上げられたソフィアがレイモンドの前に引っ張り上げられた。

視線がぐっと高くなる。鞍《くら》の前についている持ち手を両手でしっかりとつかむが、自分の足で立っていないので不安になる。鐙《あぶみ》がぐらぐらした。

「平気か？」

頭のすぐ後ろからレイモンドの声がした。

「はい。……いえ、少し怖いです」

「脚で馬を強く挟むと安定する」

「はい」

革手袋をつけたレイモンドの左手が、ソフィアのウエストに回った。右手は手綱《たづな》を緩く握っている。

「慣れるまでは動かない」

レイモンドは言葉通り、ソフィアが慣れるまで待ってくれた。ソフィアを支えているレイモンドの手がとても心強い。

メリーも頭を上げたまま、辛抱《しんぼう》強くじっとしてくれていた。

「もう、大丈夫そうです」

「では、進めるぞ」

レイモンドが足で合図すると、メリーはゆっくりと動き始めた。

「わわっ」

「安心しろ。落としはしない」

ソフィアが思わずウエストのレイモンドの左腕につかまると、その腕に力がこもった。馬の両側には騎士が付き添って歩いていて、万が一ソフィアの体が傾いて落馬しそうになったとしても、受け止めてくれそうだった。

安全だとわかると、不安は急に消えていった。

ソフィアの肩の力が抜けたのを見て、レイモンドがメリーの足を少しだけ速める。といっても、まだ徒歩の速度だ。

そのまま木々の間をしばらくのんびりと歩く。

柔らかい風が吹き抜けていって、さわさわと枝が揺れた。

かぽかぽと蹄《ひづめ》の音がする。馬車を引く馬で聞き慣れているはずなのに、開放されている所で聞くと、耳に心地よく感じた。

「湖に魚はいるんですか？」

「いるぞ。ボートで釣りもできる」

「レイモンド様は鹿狩りをするんですか？」

「そうだな。鹿やキツネを狩りに行くことはある」

「へえ」

ソフィアには縁遠い話だ。アーシュ家の領地には狩りのできる森はない。しかもレイモンドの言う狩りは娯楽なのだ。生活が懸《か》かっている狩人《かりうど》とは違う。

通っている小道を見ると、草が取り除かれ、きちんと「道」になっている。人の往来によって自然にできた道とは思えない。

ここが王領なのかどこかの領主の土地なのかはわからないが、誰かが整備しているのだろう。

「鳥の鳴き声がします。今のはコマドリですね。こっちは……何ていう鳥なんでしょう」

「あれはキクイタダキだな」

「わかるんですか？」

「当たり前だ。わたしを誰だと思っている」

ソフィアが感心したように言うと、後ろでレイモンドがふんぞり返った気配がした。

くすりとソフィアが笑う。

「何だ」

「いや、レイモンド様はレイモンド様だなぁと思って」

「何だそれは」

レイモンドが憮然《ぶぜん》とした声を出したあと、ぼそっと呟いた。

「……だ」

「え？」

「学んだのだ」

「学んだ？　鳥を？」

「そうだ。ここに来る前にな。鳥と小動物と花を。お前が聞いてくると、思ったから」

「え？」

レイモンドにぼそっと言われて、ソフィアは目を瞬《しばた》かせた。

「……動植物ごときと馬鹿にしているのか？」

「いいえ。嬉しいです。すごく」

体に回るレイモンドの腕に、ぴくりと力が入った。その腕をぽんぽんと叩く。

「レイモンド様が私のためにしてくれたなんて、驚きましたけど、とても嬉しいです。ありがとうございます」

一緒に出掛ける女性のためにこんな心遣いができるとは。

ユーディルのアドバイスなのだろうか。

そうだとしても、それを受け入れ、覚えてくれたのはレイモンドだ。

「ダイアナ様と出掛ける時も、その調子で気遣ってあげて下さいね」

ツキン。

深く考えることなく言った言葉だったが、なぜかソフィアの胸に痛みが走る。

「……」

「……」

レイモンドは何も答えず、沈黙が下りた。

ソフィアも何か言おうと思うのだが、何を言っていいのかわからない。

どうして気まずくなってしまったのかもわからない。

ソフィアが黙っていると、レイモンドが口を開いた。

「……以前お前が言っていた、二毛作の税率の件だが」

「はい」

沈黙が破られてほっとした。

「隣国の状況を調べてみた。報告書をアーシュ家に届けさせる」

「ええっ？　わざわざ調べてくれたんですか？」

これには仰天《ぎょうてん》した。王太子なら簡単にできるのかもしれないが、それをソフィアのためにしてくれたというのは驚きだ。

ソフィアはレイモンドを振り仰《あお》いだ。

「い、いや、お前のためというわけではない。二毛作というものに興味を持ち、わたしが知りたかったのだ。麦の収穫量が増えるのなら、王国内でも広めることを検討すべきだからな」

この言葉にもソフィアは驚いた。今日はレイモンドに驚かされてばかりだ。

一体どうしたというのだろう。

「レイモンド様が国のことを考えているなんて……」

前を向き、ぼそりと呟く。

「お前、今度こそ馬鹿にしているな」

「いえいえ！　レイモンド様が王国のことを考えてくれるのは、国民としても喜ばしいことです。レイモンド様には権力があるから、やろうと思えばたくさんのことができます。レイモンド様は変わりましたね。偉いです」

ウエストに回るレイモンドの腕に力がこもった。

「レイモンド様？」

何も返ってこないので、ソフィアは再びレイモンドを振り仰《あお》いだ。

レイモンドの顔は真っ赤になっていた。両手が塞《ふさ》がっていて顔を隠せないためか、精一杯逸《そ》らしている。

「また照れてる」

「うるさい！　少し速めるぞ！　危ないから前を向いていろ」

「はーい」

くすくすと笑いながら、ソフィアは正面を向いた。

落ちないようにという気遣いからか、レイモンドがソフィアを少し強く抱き寄せた。


湖を半周したところで、レイモンドが昼食にしようと言った。

レイモンドの指差す方を見ると、木陰に敷物が敷かれ、食事が用意されていた。

その横には使用人たちがずらりと並んでいる。一緒に引き連れていた馬車に乗っていたのは、彼女たちだったのだ。

先回りして準備したのだろう。

レイモンドが馬を下り、ソフィアが下りるのを手伝ってくれた。腰を支える手は、思った以上に安定していた。

ソフィア一人を楽々と持ち上げられるだけの力はあるのだ。ユーディルがレイモンドは武術ができると言ったのを思い出した。

「わっ」

「おっと」

地面に降り立った途端に、かくんと足の力が抜けてしまう。その体をレイモンドが抱きとめた。

「何をしている」

「膝《ひざ》が笑ってしまって」

レイモンドの腕にすがりつつ、ソフィアはよろよろと自分の足で立った。

「脚に力を入れすぎたな」

「そうみたいです」

どうやら、太ももでメリーの胴体を締め続けていたため、脚に力が入らなくなっていたようだ。

「歩けるか？」

「なんとか」

「ほら」

「ありがとうございます」

レイモンドが手を差し出し、敷物へとエスコートしてくれた。

二人が座ると、使用人が食べ物や飲み物を給仕してくれる。最後にはなんとみずみずしい果物まで出てきた。

食事を終えると、レイモンドは側で控える使用人たちに目を向けた。

「みなご苦労だった。下がっていいぞ」

使用人が一礼して離れていく。

「何だ」

目を丸くして見ていたソフィアに、レイモンドが訝《いぶか》しげな顔を向ける。

「レイモンド様が人を労《ねぎら》うなんて……」

「わ、わたしだってそのくらいはする」

「本当に変わりましたね。何があったんですか？」

「な、何もないぞっ」

「ふーん」

まあいいや、とソフィアはレイモンドから目を外して、紅茶に口をつけた。いつもの通り、香り高くて美味しい。

「至れり尽くせりですね」

「だからお前はわたしを何だと――」

「王太子殿下ですよね。知ってます。知ってますけど、何だか実感がなくて」

ソフィアは「感覚が麻痺《まひ》してるんでしょうね」と肩をすくめた。

じっと黙っているレイモンドや、隣国の状況を簡単に調べてしまうレイモンドや、有能な使用人に傅《かしず》かれているレイモンドは、王太子らしい姿をしている。

一方で、ソフィアと軽口を叩き、ソフィアを自分の馬に乗せ、ソフィアの褒め言葉に照れてしまうレイモンドは、とても身近に感じた。文字通り、手を伸ばせば届く距離にいる。

レイモンドはそんなソフィアに怒ることなく、珍しく静かに話を聞いていた。

「騎士様まで私にあんな風に丁寧に接してくれるなんて、変な感じです」

「騎士の身分はお前よりも下だ」

「近衛騎士様は別でしょう」

騎士は身分としては平民と貴族の間に位置するが、近衛騎士の扱いは別格だ。

それに、貴族令息が騎士になることも多い。見た目はただの騎士でも、中身はどこぞの伯爵令息様だなんてこともあり得る。

「今日、お前はわたしの大事な客人だ。相応の扱いをされて当然で――だ、大事だっていうのは、重要だという意味で、決して妙な意味ではないからなっ」

「わかってますよ。重要な友人ですからね」

レイモンドがなぜか慌てていたので、ソフィアはくすくすと笑った。

その顔を、レイモンドは残念なような、まぶしいような、複雑な表情で見つめた。

「……今日はよく笑う」

「えっ？　いつもにこにこしているつもりだったんですけど、足りてませんか？」

友人は常に笑顔でいる設定なのに。笑顔不足だったか。

「いや、いつも笑っている。だが、そうやって自然に笑うことは少ない」

「すみません」

「なぜ謝る」

「作り笑顔だとわかってしまっては意味がないので。精進《しょうじん》が足りませんでした」

「周りはきちんと騙《だま》されている」

「だといいんですけど」

あんな全開の笑顔が作ったものだとバレていたらつらい。ぶりっ子ここに極まれり、である。

いや、あれが天然だとしても、かなり痛い子なのだけれど。

「もっと普段から笑えばいい」

「そう言われましても」

ソフィアは困り顔をした。

笑えと言われて笑えるものではない。

それに、友人役の毎日で、人前での作り笑顔がすっかり癖になっていた。

「今は楽しいか？」

「楽しいです！」

「そうか」

つい満面の笑みを作ってしまったソフィアは後悔した。

レイモンドが寂しそうにしたからだ。

「本当に、楽しいですよ？」

「だといいがな」

レイモンドは信じていないという顔をして首を振ると、すっと立ち上がり、ソフィアに手を差し出した。

「続きだ。動けるか？」

「はい」

脚は疲れていたが、まだまだ動ける。アーシュ家の娘の体力はそんじょそこらの令嬢の物とは違うのだ。


午前と同じようにしばらく徒歩の速度で乗馬したあと、レイモンドはメリーを軽く駆けさせた。

ソフィアの様子を見ながら徐々に速度を上げていく。

「わぁっ。すごい速いっ！」

ソフィアが弾んだ声を上げた。

馬に乗るのがこんなに楽しいだなんて知らなかった。

当たり前だが、馬車よりもずっと速い。風を直接感じられて気持ちがいい。上下の揺れに体を合わせると、メリーと一体になっているような感じがした。

「楽しいか？」

「楽しいです！」

「そうか」

ソフィアが夢中で答えると、レイモンドが笑いを含んだ声を出した。

「初めて乗ったんですから仕方ないじゃないですか」

馬鹿にされたのだと思ったソフィアが口をとがらせる。

「初めて？　お前、兄に乗せてもらっていると言っていただろう」

「あれは嘘です。うちには馬がいなくて、お友達の家で触ったことはあるんですけど、乗ったことはなくて……って、あれ？」

徐々にメリーの速度が落ちていき、ついには止まった。

はあぁ、とレイモンドのため息がソフィアの後頭部に落ちた。

「馬鹿者。慣れていないとは思ったが……。初めてなら初めてだと先に言え。ここまで馬車で来て正解だった。いきなりの遠乗りは無理だ」

「二人乗りならいけると思ったんですが」

小説や舞台では、騎士に助けられた姫が馬に乗せられて移動するシーンもあるではないか。

「怖かっただろう」

「まあ、最初に乗った時は。でもレイモンド様がゆっくり慣らしてくれたので、大丈夫でしたよ」

「今は怖くないか？」

「はい。レイモンド様がいるので」

「そうか」

さすがに一人だったら怖い。

レイモンドはメリーに急な動きをさせなかったし、動き始めたり曲がったりする時は必ずソフィアに声をかけてくれた。

ウエストに回ったレイモンドの腕はソフィアをちゃんと支えてくれていて、落とされることはないと信頼できた。

「レイモンド様、さっきみたいに走らせて下さい」

「今日はもう終わりだ」

後ろでレイモンドが首を横に振る気配がした。

「え？　なんで」

「初めてで無理をすると良くない」

「そんなぁ」

黙ってれば良かった、とソフィアが呟くと、馬鹿者、とまた怒られた。

「乗ったこともないのになぜ来ることを承諾したのだ」

「ユーディル様が断る隙をくれなかったんですよ」

理不尽だ。

「まだ元の場所まで結構あるじゃないですか。馬車まで戻らなきゃいけないですから、ここでは止《や》められないですよね？」

「馬車は外側の道をついてきている」

「えぇー……」

王太子様に死角はなかった。

「ここで終《しま》いだ」

「もう少しだけ乗っていたいです。私は大丈夫ですから」

ソフィアが駄々をこねたが、レイモンドはメリーからひらりと下りてしまった。

ほら、と両腕を広げる。

ソフィア一人では馬を操れないから、レイモンドが下りてしまえば下りるしかない。

「まだ鹿も見てないのに」

口をとがらせながら慎重に横座りし、ソフィアはレイモンドに両腕を伸ばした。

首に腕を回し、ぎゅっとしがみつく。

一拍遅れて、レイモンドの腕がソフィアの背中に回った。

ぐっと持ち上げられ、そっと地面に下ろされる。

離れようとした時、レイモンドが耳元で口を開いた。

「また来よう」

「ひゃっ」

あまりにも近くで発せられた声にびっくりして、ソフィアはその場にぺしゃりと座り込んでしまった。

今っ、私、今何やった？

もしかして、レイモンド様に抱きついたんじゃ？

たった今やらかした自分の行動に驚愕《きょうがく》する。

一瞬のことだったのに、背中に回った腕の強さと、ぴったりと体が密着していたことをはっきりと思い出した。

ばっくばっくと心臓がうるさい。顔が熱くなっていく。

だって、レイモンド様が腕を広げてたから……っ！

完全に無意識だった。

「おいっ！　大丈夫か？　怪我でも――」

膝《ひざ》をついたレイモンドに心配そうにのぞき込まれ、ソフィアは慌てて手を振った。

「いいえっ！　何でもありませんっ！　さっきと同じで、ちょっと脚に力が入らなかっただけですからっ。やっぱり疲れてたんですねー。あはは！」

「立てないのなら、馬車まで抱えて行くぞ？」

「か……っ!?」

抱えて行くって言った？

いやいやいやいや！　王太子様に抱えられるとかあり得ないでしょ！

いや、抱きついて馬から下ろしてもらうのもあり得ないんだけど！

「大丈夫ですっ！　自分で行けますっ！」

「そうか。無理はするなよ」

差し出されたレイモンドの手につかまって立ち上がる。

ソフィアは落ち着かない鼓動を抱えたまま、馬車に乗り込むことになった。

＊　＊　＊　＊　＊

予定よりも早めに切り上げて帰る馬車の中、レイモンドの向かいの席で、ソフィアは興奮した様子でメリーの話をしていた。乗馬がよほど楽しかったらしい。

にこにこと嬉しそうに笑っているソフィアに何度も礼を言われて、レイモンドは満足していた。

いつも憎まれ口を叩いてくるソフィアに感謝されるのは、なかなか良い気分だった。

また連れて行ってやろう、という気になる。

それにしても、初めてだったと聞かされた時は仰天《ぎょうてん》した。いきなり全速力で駆けるようなことをしなくて本当に良かったと思う。

ソフィアが乗馬を嫌いになろうが構いやしないが、愛馬の上できゃーきゃー悲鳴を上げられるのは御免被《こうむ》りたい。この様子であれば、すぐに順応してはしゃぎ声を上げたような気もしなくもないが。

レイモンドがソフィアの顔を見ていると、徐々にソフィアの声が小さくなっていった。

ソフィアの目線がつぅっと下がり、まぶたがそろりと降りて――

「おい」

レイモンドが声をかけると、びくぅっとソフィアの肩が揺れた。

「こんな所で寝るな」

「寝てません」

ソフィアが頭《かぶり》を振った。だがその目はまた閉じようとしている。

「寝るなと言っている」

「寝てません」

そう言って、ソフィアの頭はかくりと落ちた。

寝ているだろうが！

王族への態度の悪さといい、この娘は礼儀というものを知らないのだろうか。

「おい。起きろ」

ソフィアの肩を揺さぶるが、上がった顔はまたすぐに伏せられてしまう。

はぁ、とレイモンドはため息をついた。

「はしゃぎ疲れて眠ってしまうとは、まるで幼子ではないか……」

乗馬は全身運動だ。

手綱《たづな》を握らなくとも、揺れる背の上でバランスを取っているだけで疲労する。初体験であれば余計な力も入っていただろう。

だが、それにしたって、王族の前で眠ってしまうことへの言い訳にはならない。普通は死ぬ気で耐えるものだ。

しかし、すぅすぅと寝入ってしまったソフィアを起こすのは忍びなく、レイモンドはその無礼を流すことにした。これまでの数々の無礼な行いを考えれば、これくらいのこと、何ということはない。

寝顔をじっと見られるのは可哀相だろうと、せめてもの慈悲で、レイモンドはソフィアから視線を外して窓の外を眺めていた。

と、視界の端で、ソフィアの体がぐらりと傾いた。

「おっと」

ごつんと頭を壁に強打する前に、ソフィアの肩を支える。

しかし力の入っていない首はさらに傾いて、結局こつんと頭が壁にぶつかった。

「これでも起きないのか」

ソフィアは目を覚まさなかった。レイモンドの手に体重をかけ、すやすやとそのまま眠っている。

レイモンドがソフィアの上半身を元の位置に戻して手を離す。

だが、ソフィアの上体はぐらぐらしていて安定しない。

左右にふらふらと揺れたあと、再び頭を強打しそうになったのを防いだレイモンドは、ちっ、と舌打ちをした。

勝手に自滅しろとも思ったが、ここまで疲れさせてしまったのはレイモンドにも一因がある。初めてだとは知らなかったとはいえ。

レイモンドはソフィアの隣に座り、ソフィアの頭を自分の肩にもたれさせた。

ふわりとソフィアの髪からいい匂いがした。メリーに乗せている時も香っていた匂いだ。

側面にソフィアの体温を感じながら、起きた時にどういう反応をするだろうと考える。

恐らく、ありがとうございました、と一言礼を言う程度だ。王族の肩を枕にしようとも、この娘は気にしない。

演技だからではないだろう。ソフィアは元からそういう気質なのだ。

ユーディルはとんでもない娘を見つけてきてくれた、とレイモンドは思った。

ここまでの振る舞いは、その辺の令嬢には到底不可能だ。

いや、みな外面《そとづら》を偽《いつわ》っているだけで、淑女の仮面を剥《は》がせばこうなのだろうか。

ダイアナがソフィアのような自由奔放《ほんぽう》な態度を取るところを想像しようとして、レイモンドは失敗した。

ましてや自分の目の前で寝こけるなど、天と地がひっくり返ってもないだろうと思われた。

やはり、こんなことができるのは、ソフィアしかいない。

馬車が揺れ、ソフィアが反対側へと倒れそうになった。

「全く……」

レイモンドはため息をついて、ソフィアの肩に腕を回してそっと引き寄せた。

その拍子に、ソフィアがむにゃむにゃと何か呟く。

「全く……」

もう一度そう言ったレイモンドの口元は笑みを作っていて、ソフィアを見る眼差《まなざ》しは柔らかかった。

ソフィアの体温を感じ、先ほど馬から下ろす時に、ソフィアが抱きついてきたことを思い出す。

自分でも不思議なのだが、ソフィアが馬から下りるとなったところで、自然と両手を広げていた。

そしてソフィアは躊躇《ためら》いもなく腕を伸ばしてきたのだ。

レイモンドを王族どころか、異性とも思っていない様子だった。それは目の前でこうやって眠ってしまうことからもわかる。

一方の自分は、一瞬――たった一瞬だけだが、ソフィアの体の柔らかさを意識してしまった。

そして思わず、また来よう、と言葉を漏《も》らしていた。

なぜだか負けたような気持ちで悔しくなったレイモンドは、再度ソフィアの肩に手を回してぐいと引き寄せた。

ソフィアの体温と規則正しい寝息が眠気を誘い、レイモンドは知らない間にソフィアの頭に自分の頭を乗せて目を閉じていた。


誰かが頭をなでている。

さらさらと髪を指がすいていくのが心地いい。

「頑張ってるんですね。偉いです」

優しい声がした。

肯定の言葉がこんなに快《こころよ》いものだったとは、つい最近まで知らなかった。

自分を認めてくれる声。この声をもっと聞いていたい。

「……ンド様、レイモンド様」

名前を呼ばれて目を開ける。

次の瞬間、レイモンドはがばりと上体を起こした。

ここはどこだ？

「わっ。びっくりしたぁっ」

声の主を確かめるとソフィアだった。

そうだ、乗馬に行ったのだった。帰りの馬車の中か。

いつの間にやら眠ってしまったらしい。

――眠った？

「頭突きされるかと思いました。急に起き上がったら危ないじゃないですか」

ソフィアが何やら抗議をしている。

しかしレイモンドの耳には入ってこなかった。自分の心臓の音がうるさすぎて。

顔に熱が集まっていく。

自分は今ソフィアの膝《ひざ》を枕に寝ていたのではないだろうか。

人前で無防備に寝たという事実もさることながら、ソフィアに膝枕《ひざまくら》をされていた衝撃は計り知れなかった。

これでは、レイモンドの肩にもたれて眠ってしまったソフィアよりも質《たち》が悪い。

意識すると、片側の頬《ほほ》にソフィアの太ももの温かさと柔らかさがまだ残っているような気がした。

「疲れてたみたいですね。すっきりしましたか？」

ぱくぱくと口を開けたり閉めたりしているレイモンドに、ソフィアは何でもないという顔で聞いてきた。

「そろそろ到着するみたいです」

窓の外を見ると王都に戻ってきていて、学園まであとわずかという距離にいた。

＊＊＊＊＊

レイモンドに寮まで送ってもらい、ぱたりと自室の扉を閉めたソフィアは、乗馬服のまま、ぽすんとソファに腰を下ろした。

そして、傍《かたわ》らにあるクッションを両腕で抱きしめると、顔をうずめた。

ひぃやぁぁぁぁぁぁぁぁっっっっっ！

声にならない悲鳴を上げる。

レイモンド様に！　膝枕《ひざまくら》を！　してしまった！

ぼすぼすぼすぼすとクッションに額《ひたい》を叩きつける。

馬車の中で寝落ちしたソフィアは、ふっと目を覚ました時に、視界の中にきらきらした物を認めた。太ももに何かが乗っている。

それがレイモンドの頭だと認識した時、悲鳴を上げた。

否《いな》、驚きすぎて声は出なかった。

なんで！　なんで？　なんで!?

もしもソフィアの声が出ていれば、王太子の一大事かと大騒ぎになったことだろう。出なくて幸いだった。

レイモンドの顔は向こう側を向いているため、ソフィアには後頭部と耳までしか見えない。片手はお腹の辺りに置いてあり、脱力している様子に見える。

恐る恐るのぞき込むと、レイモンドの目は閉じられていた。

「寝てる……」

とりあえずソフィアはほっとした。

そして自身の頭を抱える。

なぜソフィアの膝《ひざ》の上で王太子様が眠るような事態になるのか！

ものすごく眠かったのは覚えている。

直前にあんなことがあって恥ずかしかったのもあり、そうでなくても乗馬が楽しすぎて、ハイテンションでレイモンドに喋《しゃべ》りまくっていた。

そうしたらだんだん疲れてきて、馬車の揺れが気持ちよくて……

レイモンドに眠るなと言われ、寝ていないと言い返したあとの記憶がない。ソフィアが寝落ちしたのは確実だった。

異性の前で眠ってしまうとはとんだ大失敗で、王太子の前で眠ってしまうとはとんだ大失態だ。

無防備極まりないし、礼を失しているにも程がある。

……で、その後、何がどうなったらこうなるのだろうか。

わけのわからなさに、ソフィアの頭はオーバーヒート寸前だった。

レイモンドが自分の意思で横になったとは思えない。そういう人物ではない……と思う。いくら女性が隣で眠ってしまったとしても、こんな暴挙には出たりはしない……と思う。言い切れるほどレイモンドを深く知っているわけでもないが。

たぶん、レイモンドもうっかり眠ってしまって、そのあと体が倒れてしまったのだろう。そこにちょうどよくソフィアの膝《ひざ》があった。つまり不可抗力というやつだ。

…………どうしてこっち側にいるんだろう。

レイモンドは向かいに座っていたはずだ。だが今はソフィアの隣にいる。

まさか眠ったまま場所を移動するなんてことはあるまい。レイモンドの意思で隣に座ったのは間違いない。

じゃ、じゃあ、この状態もレイモンド様が自分で……？

ソフィアはぴしりと固まった。

……うん。駄目だ。考えないようにしよう。

ソフィアはこの状況に関する全ての思考を頭から追い出すことにした。

ゴトゴトとわずかに揺れる馬車の中、レイモンドのかすかな寝息だけが聞こえてくる。ソフィアが驚いて身じろぎをしても起きなかったほど、ぐっすりと眠っていた。

乗馬には慣れている様子だったから、ソフィアのように馬に乗って疲れたというわけではないのだろう。きっと、政務が大変なのだ。

ソフィアはあり得ない状況のただ中にいたが、レイモンドを起こすという選択肢は全く浮かばなかった。

疲れているなら眠っていればいいのだ。今さらソフィア相手に取り繕う必要はないのだから。

しばらくすると、羞恥心《しゅうちしん》も薄れてきた。

レイモンドのまつげに横の髪が触れていたので、それをそっと戻してやる。つやつやとしたウェーブのかかった髪はさらっさらだった。

その感覚が気持ちよくて、起こさないようにそうっとそうっと髪をすく。

全然起きそうにないな、と思って、ソフィアは少々大胆な行動に出た。

「頑張ってるんですね。偉いです」

耳元でそう言って、レイモンドの頭をなでたのだ。

ふっ、とレイモンドの口元が緩んだ気がした。

何だかくすぐったいようなふわふわとした気持ちになった。胸の辺りがぽかぽかする。

それから先、寮の近くに来るまで、ソフィアはレイモンドを寝かせておいた。

起こす頃には気持ちはすっかり落ち着いていて、何でもないという顔をしてレイモンドに対応できた。

目を覚ましたレイモンドは赤面していて、やっぱり不慮《ふりょ》の事故だったのだと知った。

レイモンドの顔を思い出して、ソフィアはクッションに顔をうずめたまま、「ぐぅぅぅぅ」とうなる。

あの時は冷静でいられたが、一人になった今、羞恥心《しゅうちしん》が猛烈にぶり返してきていた。髪に触ってしまったことも無性に恥ずかしい。

今日のレイモンドは、いつものように尊大でありつつも、なんだかんだとソフィアを気遣ってくれて、優しかった。

それと共に、馬上で背中が密着していたことや、ウエストに回った腕の逞《たくま》しさや安心感、自然と抱きついてしまったことまで思い出し、ソフィアはまた「ぐぅ」となった。

次にどんな顔で会えばいいのだろう。

翌日、ソフィアは激しい筋肉痛に襲われた。特に腹筋と背筋と太ももの内側と……いや全身が痛かった。

ぎくしゃくとしそうな体にむち打ち、何事もないかのように振る舞えたのは、感情を表に出さず、高いヒールを履こうとも重たいドレスを着ようとも常に微笑みを絶《た》やさぬべし、と叩き込まれた令嬢教育の賜物《たまもの》だろう。

幸いなことに、次にレイモンドと顔を合わせたのは三日後で、それまでの間にソフィアは肉体的にも精神的にもいつもの調子を取り戻していた。

「たまにはわたしのところに来たらどうだ？（ダイアナに見せつけに来い）」

「上級生の教室には行きにくくて……（そこまでする必要はないと思いますが）」

「気にすることはない（いいから来い）」

「じゃあ、今度行きますね（わかりました。行けばいいんですね、行けば）」

「待っている（わかればいい）」

講義室までやってきたレイモンドと、視線で心の声を交わし合う。あくまでもソフィアの勝手な想像だが、あながち間違っていないと思う。

周囲の生徒たちは、その様子を見ながらこそこそと何かを話していた。

いつも何かしらソフィアのことは話題になっているものだが、この三日間は先日の遠乗りの話題でもちきりだった。

本当に行ったのか、他に誰が行ったのか、どこへ行ったのか。聞きたいことは山ほどあるのだろう。誰も聞いてはこないけれど。

とそこへ、勇者が現れる。

「殿下、少々よろしいでしょうか」

「リカルドか」

話しかけてきたのはリカルド・ブルデンだった。お供の伯爵令息を二人連れている。

これまで、レイモンドがソフィアといる時は、彼らが近づいてくることはなかった。

令息たちとの茶会でリカルドから嘲笑《ちょうしょう》されることはあっても、ソフィアはレイモンドとは離れて座っていたから、初めて三者で顔を合わせたと言っていい。

「殿下にお聞きしたいことがございます」

「何だ」

リカルドはソフィアに目を向けた。嘲《あざけ》るような嫌な視線だった。

「殿下がこの下位貴族の娘と先日遠乗りに行かれたという話を小耳に挟みました。根も葉もない噂《うわさ》ですが、このまま流布《るふ》させていると殿下の評判に傷がつきます。そのような事実はないとはっきりとご否定下さい」

「こいつと遠乗りにか？」

「はい」

あごでソフィアを指したレイモンドに、リカルドは大げさに頷《うなず》く。

誰しもが知りたくても聞けなかったことを正面から聞きに来た剛胆さは認めるが、決めつけている上に間違っている。

おおかた、調子に乗っている（ように見える）ソフィアを貶《おとし》めたかったのだろう。

が、完全に逆を突いていた。

リカルドが大嫌いなソフィアは、ざまぁみろ、と思う。

「行ったが？」

「ああ良かった――はい？」

「先日というのがこの間の休日のことであれば、わたしは確かにソフィア・アーシュと遠乗りに行った」

「こ、この娘とですか？」

「ああ」

リカルドはびしっとソフィアに指を突きつけ、レイモンドは首肯《しゅこう》した。

「ご冗談を」

「冗談ではない」

「ユーディル殿もご一緒で――」

「いいや、二人で行ってきた。まあ、もちろん、近衛は連れていったが」

リカルドの顔が固まった。その後ろのお供の顔も。

そこにソフィアが割り込む。

「レイモンド様、嘘はいけません」

腰に手を当てて、小さい子に言い聞かせるように。

リカルドがあからさまにほっとした顔を見せた。馬鹿だなぁ。

「あれは遠乗りではありません。乗馬です」

む、と顔をしかめたレイモンドが、一瞬考えるような仕草のあと、「そうだな」と言った。

ソフィアが出掛けたことを否定するのかと思っていたリカルドの顔が、悔しそうな表情に変わっていく。

ソフィアは思わず「ふふん」と勝ち誇った笑みをリカルドに向けてしまい、さっと表情を引き締めた。危ない危ない。それは友人のキャラじゃない。

「……行き帰りは馬車だった」

ぼそっとレイモンドが言葉を続ける。

その頬《ほほ》がほんのりと赤くなっていたのを見て、ソフィアははっとした。膝枕《ひざまくら》をしたことを思い出してしまったのだ。考えないようにしていたのに。

かぁっと顔に血が集まっていく。

リカルドが二人を見比べて瞠目《どうもく》した。何かあったのだと察したのだろう。

それは様子を窺《うかが》っていた観衆たちも同様だったようで、ざわっと動揺が走ったようにソフィアは感じた。

まさか抱きついたり膝枕《ひざまくら》をしたりしたとはわかるまい、と澄まし顔を作ったが、熱くなった顔を自力で冷ますことはできなかった。

仕方なくソフィアはレイモンドと目を合わせ、感情のままにはにかんだ。友人の性格ならその方が自然だからだ。

するとレイモンドが口を片手で覆《おお》って目を逸《そ》らしたものだから、余計にそれらしく見えてしまう。

二人の間に二人だけの空気が流れた。

その空気を壊すように、リカルドが口を挟んだ。

「レイモンド殿下も軽率な真似《まね》をなさる。お立場をお考え下さい。このような下位貴族の娘と二人で出掛けるなど」

途端にレイモンドの顔がしかめられる。

「お前に言われる筋合いはない」

鬱陶《うっとう》しいと言わんばかりだった。傲慢《ごうまん》なレイモンド王太子殿下の真骨頂だ。

おぉ、とソフィアは拍手しそうになった。

あの態度の悪さも、こういう時に使えば抜群の効果を発揮するのだ。上からねめつける視線が王族っぽい。何だか久しぶりに見た。

「っ⁉」

リカルドは戸惑い言葉を詰まらせた。

もしかすると、リカルドはレイモンドにたしなめられたのは初めてなのかもしれない。

ならば、手懐《てなづ》けていた猫が突然爪を立ててきたような気分だろう。

「で、ですが、あまり下級貴族と親しくするとレイモンド殿下の評判に悪影響を及ぼし、王族としてのお立場が危ぶまれます」

「それで？」

レイモンドが聞く耳を持ったのを見てとり、リカルドは少し得意げになった。

「この娘だけではありません。最近は他の下級貴族や没落貴族とも交流されていらっしゃいますね。殿下に良からぬ入れ知恵をする者もいるかもしれません。付き合う者はよくよくお考え下さい」

「では、お前との付き合いも再考するとしよう」

「殿下っ⁉」

リカルドは脂汗を流し始めた。

「ご冗談を。幼少の砌《みぎり》からお側にいたではありませんか。我らこそ殿下の友であり忠臣です」

「友であり忠臣か」

レイモンドが鼻で笑う。

「殿下のためです。この娘の影響であるならば、これ以上この娘をお側に置いてはいけません」

「ソフィアの言葉は耳に痛いが、少なくともわたしのために言っているのはわかる」

「殿下！　我らも殿下のことを思って――」

「もういい。これ以上は押し問答になるだけだ」

レイモンドはリカルドを追いやるように手を振った。

リカルドは歯を食いしばり俯《うつむ》いた。握った拳がぷるぷると震えていた。

そして、ソフィアを憤怒《ふんど》の形相《ぎょうそう》でにらみつけると、肩をいからせて去っていった。

その背中を何気なく追ったソフィアは、びくりと体を硬直させた。

視線の先にダイアナがいたからだ。

ダイアナは無表情でソフィアたちをじっと見ていた。

＊＊＊＊＊

放課後、レイモンドが帰宅しようと正門へ向かうと、王家の馬車の前にダイアナがいた。

ユーディルがすっと後ろに下がる。他の生徒も遠巻きになった。

「ソフィア様との乗馬はいかがでしたか？」

挨拶もなしに、開口一番、ダイアナが聞いてくる。

「小言を言いに来たのか」

「いいえ。言葉通りの質問です。お楽しみになりまして？」

その表情は扇子に隠れて窺《うかが》えない。

ダイアナがソフィアのことを気にしている。計画の成果だ。

そうでもなかった、と答えるのが正解なのだろう。

そして、次の機会は、とダイアナを誘うのが。

だが、レイモンドには、ソフィアとの時間を、楽しくなかった、と言う気にはなれなかった。

計画通り、ソフィアとの仲が深まっているのだと見せつけるのが正解だ、と自分に言い聞かせる。

「ああ。楽しかった。……とても」

自然と口角が上がっていたが、レイモンド自身は気づいていなかった。

「それは良うございました」

「用件はそれだけか」

「ええ」

ダイアナはにこりともせずにレイモンドを見つめると、その場から去っていった。

本当に質問だけが目的だったらしい。

呆気ない態度に、レイモンドは拍子抜けした。

第七章　大事なダンスパーティです

遠出を終えてからソフィアとレイモンドの距離はさらに近づき、友人と言えるぎりぎりのラインまで来ていた。

しかし、二人でいる時にダイアナの視線を感じはするが、何か働きかけてくることはない。上手くいっているのかいないのか、全く成果が見えなかった。

だからソフィアは、十月目《とつき》にあるその日を心待ちにしていた。

学園内でダンスパーティがあるのだ。

年に一度開かれるこのダンスパーティは、学園の生徒だけが出席する内輪での行事ではあるものの、王宮でのパーティ並みに豪華であり、みな張り切って参加する。

計画では、ソフィアはこのパーティへ、レイモンドが用意した衣装一式を着て参加することになっていた。

一緒に選びこそしなかったが、レイモンドが学園で親交を深めている男爵令嬢に贈り物をしたという噂《うわさ》は、学園内のみならず、社交界にもあっという間に広がった。もちろんレイモンドたちが故意に流した噂《うわさ》だ。

男性が女性にドレスや宝飾品を贈るのには意味がある。単に贈り物をするという以上の。

噂《うわさ》が流れてからパーティ当日まで、ソフィアはそれまで以上の冷たい視線にさらされた。主に令嬢たち、そして一部令息たちの。

それはやっかみや蔑《さげす》みから来るものだけではなかった。レイモンドの権力が増すにつれ、ソフィアを危険視する家が出てきたのだ。

レイモンドの寵愛を得ようとしている、王妃の座を狙っている、アーシュ家復興を画策している、等々《などなど》。これまでもあった様々な憶測は単なる噂《うわさ》の域を超え、現実の脅威として考えられるようになった。

その筆頭はレイモンドに媚《こ》びを売って甘い汁を一番吸っていたブルデン侯爵家だったが、ソフィアの知ったことではない。

そんなに心配しなくとも、ソフィアの役目はあと二ヶ月で終わりだ。そうすればレイモンドとの親交は絶たれ、社交界からも退場する。

まあ、レイモンドもリカルドの甘言《かんげん》に惑わされないようになってきたようだから、ソフィアがいなくなったあとも、元の関係に戻れるとは思えないが。

ソフィアは、ただただ笑って、皮肉やあからさまな陰口、とげとげしい視線をやりすごしていた。


パーティ会場の扉の前で、ソフィアは隣に立つレイモンドを見上げた。

レイモンドにもらった深紅のドレスを身につけて、レイモンドのエスコートで会場入りをする。

それを見たダイアナは、レイモンドの気持ちが自分から離れつつあることを、改めて感じる。

それが今日の友人の役割であり、レイモンドの描《えが》いたシナリオだった。

服装に合わせて前髪を上げたレイモンドはいつもよりもさらに凛々《りり》しい。金糸の刺繍《ししゅう》の入った赤い服が、レイモンドの美貌《びぼう》を引き立たせていた。

綺麗な人。

神々しささえあり、畏怖《いふ》の念を覚えてしまいそうだ。

その美しさが、ソフィアにレイモンドが正真正銘の王族であることを強く意識させる。本来なら男爵令嬢が並び立つなど許されない、高貴な身分だ。

「何だ」

ソフィアの視線に気がついたレイモンドが、ソフィアを見下ろした。

「何でもありません」

レイモンドの表情が傲岸不遜《ごうがんふそん》なものになり、ソフィアは少し安心してしまった。いつものレイモンドだ。

「行くぞ」

「はい」

レイモンドの腕にそっと手を置く。

衛兵によって、扉がゆっくりと開かれる。

レイモンドが入場するのは最後だ。出席者はもう全員会場にいる。その中には、レイモンドにエスコートしてもらえなかったダイアナもいた。

そこへレイモンドが同じ色のドレスを身に着けたソフィアを伴って現れればどうなるか。

生徒たちの反応は、ソフィアの予想通りだった。

レイモンドから離れたソフィアは、ボディガード――もとい、いつもの令息たちに囲まれた。正装の彼らはいつにも増してまぶしい。

本来のソフィアであれば、パーティで近づくことさえないだろうと思われる人たちだ。一緒に招待されたお茶会で言葉を交わすのとはわけが違う。ましてや向こうから話しかけられるなど、天変地異の前触れではないかと思うだろう。

「ソフィア嬢、ダンスのお相手をお願いできますか？」

令息の一人に言われて驚き、差し出された手を凝視《ぎょうし》してしまった。

レイモンドの頼みでソフィアに張り付くのはわかるが、まさかダンスに誘われるとまでは予想していなかった。

「ソフィア嬢？」

「ごめんなさい、私、踊るの苦手なんです」

ソフィアが眉を下げて答える。

「それは残念。ソフィア嬢と踊れるのを楽しみにしていたんですよ」

そう言いながら、令息はすっと手を引っこめた。ソフィアが駆け引きなどしないことを知っているからだ。社交辞令として一応誘ったに過ぎないのだろう。

その後も、別の令息たちがソフィアにダンスを申し込んできた。

ソフィアは全て断ったが、令息たちは立ち去ることなくソフィアの周りに残った。そのままお茶会の時と同じような話をして、笑い声を上げる。

するとそこへ、冷たい声が放られた。

「まあ、声を上げて笑うなんて、はしたない」

ここまであからさまな嘲笑《ちょうしょう》は久しぶりだ。

令息たちの笑いは止まったが、ソフィアは喋《しゃべ》り続けた。さりげなく声のした方へと視線を向けたけれど、誰が発した言葉なのかはわからなかった。

「あんなに殿方を侍《はべ》らせて、何様のつもりなのかしら」

別の場所からの声だ。ソフィアは、やはり聞こえなかった振りをして会話を続ける。この友人の耳は、聞きたい言葉だけを聞き取ることのできる特別製なのだ。

そう装《よそお》いながらも、内心ではため息をついていた。彼らはレイモンドに頼まれたからここにいるのだ。ソフィア自身が目当てなのではない。

前方に、ソフィアの方を見てしょんぼりとしている令嬢がいる。ソフィアは自分の左隣にいる令息に視線で合図した。

ほらほら、あそこで婚約者が寂しそうにしてますよー。

次は右斜め前にいる令嬢をちらりと見てから、別の令息に合図する。

あなたの婚約者、私を殺しそうな目で見てますよー。

どちらの目配せも全く気づいてもらえなかった。

せめて婚約者にくらい、王太子から依頼されて仕方なくだと打ち明けておけばいいものを、と思うが、レイモンドから誰にも言うなと厳命されているのだろう。

彼ら同士ですら、依頼のことを話し合えているのか怪しい。互いに警戒し合っている様子が見られるからだ。必ず二人以上でソフィアに付く。

ユーディルから誰に依頼しているのかを聞いているソフィアとしては、俺が僕がと積極的に付き添いを申し出てこられても、どなたでも大丈夫ですよー、と思ってしまう。

「おい」

突然、ソフィアの腕が無遠慮にがしっとつかまれた。

「ひょぇっ」

驚いて変な声が出てしまう。

死角から現れたのはレイモンドだった。

つかまれた手を引っ張られ、おっとっととつんのめりながら、ソフィアは広場の中央へと連れて行かれた。

「ちょ、何です？」

立ち止まったタイミングで手を振り払うと、レイモンドはまた強引にソフィアの手を取った。

「踊るぞ」

「は？　ひゃぁっ」

手をぐっと強く引っ張られ、ソフィアはレイモンドの胸に納まってしまう。腰に手を回された。

「踊ると言った」

「私、踊れないってことに――」

「うるさい」

「えぇ⁉」

小声でした抗議は一蹴《いっしゅう》された。

曲の変わり目でレイモンドが足を踏み出し、ソフィアは反射的にそれに合わせた。

「どういうつもりなんですか？　ダンスをするなんて聞いてないです。それにまだダイアナ様とも踊ってないですよね？」

「ちょっとした演出だ」

「私、下手に踊る練習なんてしてません」

友人の設定は「足を踏まない程度」だったはずだ。しかしソフィアはレイモンドのリードに合わせて普通に踊ってしまっている。

わざとテンポを外したりステップを間違えたりするのは難しい。

ただ踊るだけならできるが、ステップを踏み外すまでの技量はないし、ダンスをするなんて聞いていなかったから、そんな練習もしていない。

ぶっつけ本番でやれば絶対に足を踏んでしまうだろう。あとでレイモンドに怒られるところまでありありと思い浮かぶ。

「このままでいい」

ええー……

あの計画書に従うために日々努力している身としては、こう何度もあっさりと覆《くつがえ》されると、何だかなーという気持ちになる。暗記までさせられたのに。

さっき踊れないと言って誘いをいくつも断ってしまったのが少々気まずい。これではまるで、ファーストダンスをレイモンドと踊りたくて待っていたみたいではないか。

しかし、あとでぐちぐちと怒られるのも嫌なので、計画の作成者がいいと言うのだからいいことにした。

「まあ……レイモンド様がいいって言うなら……」

家族とダンスの教師としか踊ったことはないが、決められたステップをなぞるだけなら、少なくとも足を踏むことはないだろう。

痛いほどに注目されていることは、いったん頭の隅に追いやる。

憂《うれ》いがなくなると、気持ちが楽になった。ソフィアは肩から力を抜いた。

レイモンドのリードはとても上手かった。持ち上げられているわけでもないのに、体が軽く感じる。考えなくても自然と足が出る。ふわりふわりとドレスの裾《すそ》が舞った。

楽しい――

「レイモンド様、お上手ですね」

進行方向ばかり見ていたソフィアは、声を弾ませてレイモンドを見上げた。

わっ。

レイモンドの顔が思ったよりも近くにあって、どきりとした。

「そうだろう」

レイモンドがソフィアを見て笑みを浮かべた。いつもの偉そうな笑い方ではなかった。

ソフィアは慌てて目線を下げた。

ぶわっと顔に熱が集まってくるのがわかった。

ずるい。その美貌《かお》でその表情《かお》はずるい。

いつだったか、優しく笑えばいいのに、と想像した時よりもずっと破壊力があった。

「どうした？」

レイモンドが顔を近づけてきて、俯《うつむ》いたままのソフィアの頭にささやきを落とした。

「なっ、何でも、ありませんっ」

「気分でも悪いのか？」

「いいえっ」

落ち着け落ち着け。相手はあのレイモンドだ。いいのは見た目だけ。騙《だま》されたら駄目。

ソフィアはどきどきとうるさい心臓の音を落ち着けるように、ゆっくりと深呼吸をした。

だがレイモンドの匂いをたくさん吸い込んでしまい、さらに落ち着かなくなってしまう。

繋いでいる手。腰に回った腕。わずかに触れる上半身。

それら一つ一つを急に意識して、すごく恥ずかしくなってきた。密着しているわけでもないのに、
どうかしている。むしろやや離れ気味なくらいだ。

メリーに乗っていた時には気にならなかったのに。

いや、あのあと、帰ってからむちゃくちゃ意識したのだった。

一緒に色々と思い出してしまう。

途端、ぐっと腰を引き寄せられて、悲鳴を上げそうになった。

少しステップが難しくなるところだ。体を寄せている方が踊りやすい。

そうはわかっていても、身体に触れる面積が増えて、意識せずにはいられない。

ソフィアはレイモンドの顔を見続けていられなくなって、進行方向に顔を向けた。顔を見合わせて踊るのが正しいマナーだが、不慣れならこれでも許される。

「何度か踏まれることを覚悟していたが」

「……私だって貴族の端くれです。淑女教育は受けています」

「そうだった」

くくっとレイモンドが笑う。何だかとても楽しそうだ。

「そのドレスもよく似合っている」

「えぇっ？」

ソフィアは思わずレイモンドを見た。

まさかレイモンドがソフィアを褒めるなんて。

二人の視線が絡まり合う。

レイモンドが、またふわりと微笑んだ。

ひぇっ。

ただでさえ速くなっていた鼓動が、さらに速度を増した。

ドキドキと音がうるさい。

こんなに大きかったら、レイモンドに聞こえてしまうのではないか、と思われた。

だが、今度は視線を逸《そ》らせない。

すると、柔らかく弧を描いていたレイモンドの目が、きらんと光った。

「わたしが選んだのだから当然だろう」

「……そうですね」

踊ってさえいなければふんぞり返っていただろうな、という態度に、ソフィアは安堵《あんど》した。

そうだ、これこそがレイモンドだ。

そこから先は、ソフィアはレイモンドと会話を楽しんだ。大した内容ではない。最近の天気のことか、講義中に教師のかつらがズレてしまった話だとか、たわいのない話だ。

感情のままに笑ったのはいつぶりだろうか。たぶんあの乗馬の日以来だ。

曲が終わった時、ソフィアは名残惜《なごりお》しい気がしていた。

いやいや名残惜《なごりお》しいって何だ、と小さく首を振り、レイモンドから離れようと足を引く。

だがレイモンドの腕はソフィアの腰に回ったままで、ソフィアを放そうとはしなかった。

「もう一曲」

「え、駄目ですよ」

「だからだ」

同じ相手と二曲踊れるのは婚約者だけだ。夫婦になると三曲以上踊ることが許される。友人でしかないソフィアとレイモンドは、一曲しか踊れない。

レイモンドは、ソフィアが特別な存在だと示すために、あえて二曲目を踊ろうと言うのだ。

「さすがにそれは……」

ダイアナよりも先に踊っているのもマナー違反なのに、二曲も踊れない。

腕の中から抜け出そうとしたソフィアだったが、すぐに次の曲が始まってしまった。難易度の高い曲で、レイモンドが動き出してしまうともう抵抗する余裕はない。

途中でやめられればまだ良かったのだが、ステップに集中しているうちに、いつの間にか一曲踊りきってしまっていた。

曲の終わりでぴたりと静止したソフィアは、レイモンドの肩越しに周囲の視線を感じてぎょっとした。

ソフィアたちの他に踊っているペアはおらず、参加者全員の目が向けられている。そこに浮かぶのは、羨望《せんぼう》、嫉妬《しっと》、侮蔑《ぶべつ》――

こつり、と音がして、一際《ひときわ》強い眼差《まなざ》しが加わった。

「ダイアナ、さま……」

レイモンドと――そしてソフィアと同じ色、真っ赤なドレスを着たダイアナが、ソフィアの正面から近づいてくる。反射的にソフィアはレイモンドから離れた。

「ダイアナ？」

レイモンドがゆっくりと振り返る。

それと入れ違うようにして、ダイアナがソフィアの前に立ち——

パンッ！

耳元で乾いた音がしたかと思うと、ソフィアの左頬《ほほ》が熱を帯びた。

視線を元に戻すと、ダイアナがソフィアをにらみつけていた。

整えられた眉をつり上げ、頬《ほほ》は上気し、きれいに紅が引かれた唇を噛みしめている。

つりがちの大きな目には涙がたまっていた。今にもこぼれそうだ、とソフィアが思った瞬間、すっと涙がこぼれた。

「ダイアナ……！」

驚きに目を見開いたレイモンドが、ダイアナの腕を取った。

ダイアナはそれを無言で振りほどくと、ドレスの裾《すそ》を両手で持ち上げ、ソフィアの横をすり抜けていった。

「ダイアナっ」

レイモンドがそのあとを追う。

ソフィアは叩かれた自分の頬《ほほ》に手を当てた。

ダイアナが駆け去る音、レイモンドが追いかける音、扉の開く音、閉まる音。

ざわざわと参加者たちが何かを言っている。

「ソフィア嬢、大丈夫ですか？　さあ、こちらへ」

ユーディルに背中を押されたのは辛うじてわかった。

その後のことはあまり覚えていない。

気がついたらソフィアは夜着姿で寮のベッドに座っていた。髪をほどき、化粧もきれいに落としてある。侍女二人が全てやってくれた。

ダイアナに叩かれて呆然《ぼうぜん》としていたソフィアは、ユーディルの誘導に従って会場を出た。寮までの馬車はユーディルが手配してくれたのだろう。

「全く、勝手なことをして……殿下には困ったものですね」

と、そんなことを言われたような気がする。何と返したのかは記憶になかった。

ソフィアは、婚約者にしか許されないはずの二曲目のダンスをレイモンドと踊り、ダイアナに平手打ちをされた。

「最低だ……」

涙を流していたダイアナの顔が思い浮かぶ。

レイモンドとわざとベタベタして、ダイアナの嫉妬《しっと》を煽《あお》って、悲しませて。

なんてひどいことをしてしまったのだろう、と思った。借金帳消しのエサに飛びついて、ダイアナを傷つけてしまった。

恋をしたことのないソフィアは軽く見ていたのだ。ダイアナはレイモンドのことを何とも思っていないから、ちょっと焦らせて気持ちを後押しするだけ。そう思っていた。

あんな顔をしたのだから、ダイアナはちゃんとレイモンドのことが好きなのだ。それを横から突然現れた男爵家の娘が奪おうとし、レイモンドもまんざらでもないような態度をとったなら……

本当にひどいことをしてしまった。

でも。

ダイアナがソフィアに嫉妬《しっと》したのであれば、作戦は成功したのだ。もしかすると二人は、あのあと互いの気持ちを確かめ合ったのかもしれない。

上手くいったのなら、この計画をこれ以上進める必要はない。ソフィアの役目は終わりだ。

引きつった顔でダイアナの腕をつかんだレイモンド。その後ダイアナに手を振りほどかれて、ひどくショックを受けていた。

去っていくダイアナを呼ぶレイモンドの切羽詰《せっぱつ》まった声を思い出し、ソフィアの胸がぎゅっと苦しくなった。目頭が熱くなる。

痛い。

叩かれた頬《ほほ》に手を添える。

痛い。痛い。

もうとっくに腫《は》れは引いていたけれど。

痛い。

流れる涙の理由を、ソフィアはまだ知らない。

第八章　事件に巻き込まれました

次の日、ソフィアは発熱のため学園を休んだ。

昨日のことがあって休みたい気分ではあったが、ズル休みではない。本当に熱を出してしまった。悩みすぎたせいかどうかはわからない。

レイモンドとユーディルからはお見舞いが花が届いたものの、今後についての言及はなかった。

まだ計画を続けるつもりなのだろうか。

熱でぼうっとした頭で考える。

できることならもう友人役をやめたい。

偽《いつわ》りの自分を演じるのに疲れ、容赦ない悪意に精神を削られ、それでも笑顔を崩さずにいられたのは、ただ自分の役割をこなすことに必死だったから。

それがダイアナの気持ちを踏みにじる行為だと気がつき、心が折れてしまった。

それでも、ソフィアには自分からやめたいとは言えない。

借金はセグリットの、そしてアーシュ家の責任だ。ソフィアたち一家が没落するのは仕方がない。

しかしそれだけではないのだ。

爵位を返上したあと、アーシュ家の領地は、他の貴族に下賜《かし》されることになるだろう。

良心的な領主ならいい。だがもし非道な領主だったら？　重税を課されたら？　領民は今まで通りの生活を営《いとな》めなくなる。

領主の娘として、領民を守る道があるのなら、選ばないわけにはいかない。自分を犠牲にすることになったとしても。

「何もかもお兄様が悪いんだわ……」

ソフィアはため息をついて、セグリットがいる領地の方向をにらんだ。

学園お抱えの医者が処方した薬の効果で、やがてソフィアは眠りに落ちた。


目が覚めたのは、放課後にあたる時間だった。

体を起こし、サイドテーブルの水差しからグラスに水を注いで喉を潤《うるお》す。熱は下がったようだ。他に症状もない。

汗でべたついた体を拭きたいと思った時、部屋の扉を叩く音がして、静かに侍女が入ってきた。

「訪問の先触れが参りました」

「誰？」

「ダイアナ・ローゼ様です」

「ダイアナ様!?」

ソフィアはベッドから転がり落ちそうになった。

「用件は？」

「ソフィア様にお会いしたいとだけ。いかがいたしましょう？」

ダイアナが。このタイミングで。

一体何の用だろう。

熱を出して寝込んでいると聞いて、冷水でもぶっかけにきたのだろうか。

レイモンドとのことを言われるのであれば、ガツンと言われるべきだろう。友人役としても、一人の女としても。

ソフィアは訪問を受けることにした。

急いで体を拭く湯と布を用意してもらい、手早く着替える。

そして、なんとかダイアナが来る前に支度を済ませられた。

「ソフィア様、お加減はいかがですか」

「ダイアナ様！　わざわざお見舞いに来てくれたんですか？　それにお花まで。ありがとうございます！　お陰様で治りました」

ソフィアはダイアナが持ってきた花束を受け取り、満面の笑みを浮かべた。

「それは良かったですわ」

ダイアナはにこりと笑った。本当にソフィアの快復を喜んでいるようにさえ見える。

しかし相手は侯爵令嬢。笑顔の仮面は磨き上げられているだろう。うふふ、と笑い合いながら、ソフィアは戦々恐々としていた。何を言われるのか。何をされるのか。

と、ダイアナが眉を下げた。

「昨夜は叩いてしまって申し訳ありませんでした」

深々と頭を下げられる。

「いいえっ。頭を上げて下さい。何か誤解があったんですよね？」

ソフィアはすっとぼけた。ダイアナからレイモンドを取ったとは思っていないし、ダイアナが傷ついたことも気がついていないのだ。この鈍感で空気の読めない友人は。

本当は謝ってしまいたかった。そんなつもりはなかったのだと。レイモンドとは何もないし、彼の隣に立つのはダイアナしかいないのだと。

だが、ソフィアがそれを言うことはできない。計画の中止を言い渡されたのならともかく、今の段階では何も言えない。

ダイアナは曖昧《あいまい》に笑った。否定も肯定もしなかった。困ったようでも呆れたようでもあった。

「ご体調はもうよろしいとおっしゃいましたね？　お詫びをしたいので、このあと、お出掛けしませんこと？」

「そんな、お詫びだなんて、大丈夫です。謝ってもらいましたし、こうしてお見舞いにも来てくれたんですから」

ソフィアは大げさに手を振って断った。

病み上がりで外出に誘うなど非常識だ。つまりこれはお詫びなどではなく、お礼なのだろうと思われた。

水をぶっかけられるどころか、川に突き落とされたりなんかしちゃったりして。それはさすがにご遠慮したい。それだけのことはしたのだけれど。

「それではわたくしの気持ちが収まりませんわ。美味しい物でも食べに行きましょう。最近できた新しいケーキ屋さんはいかが？」

ダイアナは立ち上がると、ソフィアの腕をつかんで強引に引っ張った。

「いいえ、結構です！」

「そうおっしゃらないで」

細い体のどこにそんな力があるのかというくらい、ダイアナの力は強かった。

掃除洗濯炊事に畑仕事と、貴族令嬢とは思えない働きぶりで鍛《きた》えていたソフィアだったが、どうやら家を離れていたこの十ヶ月で、筋力が衰《おとろ》えてしまったらしい。

抵抗むなしく、ソフィアはあっという間にダイアナの馬車に押し込まれてしまった。

「あの、どこに行くのでしょうか」

文句を言われ詰《なじ》られるのを覚悟していたソフィアは、この展開に困惑していた。ソフィアは叩かれてもおかしくない行動をとったわけで、そのお詫びにというのは変な話だ。

「先ほども申し上げた通り、新しくできたケーキ屋さんですわ。とても美味しいのですのよ」

「でも方向が……」

ソフィアは窓から外を見た。馬車は貴族街を出て平民街へと入ろうとしていた。

「平民街にありますの」

にこりとダイアナが笑う。

侯爵令嬢が平民街の店に……？

疑問に思ったが、ダイアナがあまりに自然に振る舞っているので、お忍びで行くこともあるのだろう、と自分を納得させた。普通に貴族の服装で、全然忍んでないのだけれども。

「ソフィア様は――王妃になりたいのかしら？」

「っ⁉」

突然核心を突くようなことを聞かれて、ソフィアはとっさに答えられなかった。

「レイモンド様と特別親しくなさっていらっしゃいますが、ご自身が王妃に相応《ふさわ》しいとお考えなの？」

「王妃に？　とんでもないです！」

それは友人としての答えであり、ソフィア自身の本心でもあった。

なりたいとも思わないし、相応《ふさわ》しいだなんて、もっと思っていない。

「そう……」

ダイアナは納得しているような、していないような表情をして黙り込んだ。

ソフィアも何も言えなくなった。

この問いは、二人はまだ想いを通じ合わせてはいないにせよ、ダイアナの心がかなり揺れていることを示している。

計画は上手くいっているのだ。

なのに、ソフィアはなぜか喜べなかった。

そうこうしているうちに、馬車はどんどん平民街の奥へと進んでいく。一応馬車が通れる広さの道を通っているが、何だか雲行きが怪しい。

「あの、私、やっぱり帰ります」

「そんなことおっしゃらないで。間もなく着きますわ」

ダイアナが言うと、すぐに馬車は止まった。

ソフィアはほっと息をつく。本当にケーキ屋の前だったからだ。馬車の小窓から可愛らしい看板が見えた。

奥まった所なのか周囲には誰もいないが、穴場というやつなのだろう。

ソフィアは御者《ぎょしゃ》が扉を開けるのを待った。

しかし、なかなか扉は開かない。ダイアナは静かに座っている。

何かおかしい、と何度目かの不安が脳裏をよぎった時、ようやく扉が開いた。

「えっ」

外にいたのは、乗る前に見た御者《ぎょしゃ》とは違う男。顔までは覚えていなくとも、侯爵家お抱えの御者《ぎょしゃ》がこんな粗野な服装をしているわけがない。

ソフィアは警戒して体を固くした。

と同時にその男が馬車に乗り込んできて、ソフィアに向かって手を伸ばした。

「……！」

悲鳴を上げるよりも早く、口と鼻を濡《ぬ》れた布で覆《おお》われる。

甘い匂いがしたと思った途端、ソフィアは意識を手放した。


「う……」

目を覚まして最初に思ったのは、肩が痛いということだった。後ろに回った腕が動かない。真っ暗で何も見えない。自分が目を開けたのかどうかもわからなくて、ぱちぱちと瞬《まばた》きをしてしまったほどだ。どうやら目隠しをされているのではなく、明かりが全くないようだった。

ソフィアは後ろ手に縛られ、冷たい床に寝ていた。顔の感触からして石造りだ。かび臭いにおいがする。音は何も聞こえない。

ぼんやりする頭で、何があったのかを思い出す。

ケーキ屋に着いた途端、馬車に入ってきた男に意識を失わされた。布には薬品が染み込ませてあったのだろう。

その上こんな部屋の床に乱暴に転がされていることを合わせれば、何が起こっているのかは容易に想像できる。

ソフィアは拉致《らち》されたのだ。

真っ先にダイアナを疑った。

ケーキ屋に連れて行くと言ってソフィアを連れ出したのはダイアナだ。確かに言葉通りケーキ屋には連れて行かれたが、待っていたのは美味しいケーキではなかった。

レイモンドとのことで、ソフィアが邪魔だと判断したに違いない。

だからって、こんな真似《まね》までするなんて……！

助けが来ることは望み薄だ。誰かが目撃していて通報してくれればいいが、ダイアナがそんなミスをするとは思えない。ケーキ屋の看板すら、ソフィアの油断を誘うための偽装である可能性まであった。

これからどうなるのかと考えると、ガタガタと体が震えてきた。

無事に帰れるとは思えなかったからだ。何もせずに帰してくれるなら堅く口を閉ざすと誓うが、信じてはくれないだろう。

どこかに売り飛ばされるのだろうか。治安の悪い所に放り出されるのだろうか。それとも殺されてしまうのだろうか。

身を固くしていると、ギシギシと足音が聞こえてきた。二人分だ。それは斜め上から下に移動していて、誰かが階段を下りてきている様子だった。状況から、たぶんここは地下室だ。

壁を四角く切り取るように明かりが見えた。そこに扉があるらしい。光は足音が近づくにつれて、だんだんと強くなっていく。

そのわずかな光を利用して、ソフィアは周囲を見回した。だが扉の周りがなんとなく見えるだけだった。辛うじて木箱が置いてあるのが見えた。やはり地下室のようだ。

扉の前で足音が止まった。がちゃがちゃと鍵を使う音がする。ギィときしんだ音を立てて扉が開き、強い光が差し込んできた。

ソフィアはとっさに目を閉じ、体の力を抜いた。

誰かが部屋に入ってきて、ゆっくりと近づいてきた。側まで来ると顔をランプで照らされた。

「まだ寝てるな」

呟きが漏《も》れた。野太い声だった。

その男はソフィアから離れて部屋の奥に行くと、少し間を置いてから扉へと戻っていった。

またギィと音がして扉が閉じた気配があり、ソフィアは目を開けた。

扉の向こうから男性二人分の話し声が聞こえてきた。

「なんで二人も連れてきたんだ」

「仕方ないだろ、一緒にいてどっちかわからなかったんだ」

「茶色の方は始末する」

ギシギシと男たちは上階へと上がっていった。

完全に音がしなくなってから、ソフィアは動き始めた。

ソフィアの想像が正しければ――

足の振りと腹筋を使って上体を起こし、先ほど男が立ち止まった辺りににじり寄った。

膝《ひざ》が何かに触れる。

背中を向けて縛られた手で探ってみると、倒れていたのは一人の令嬢。十中八九ダイアナだ。

ソフィアはダイアナと共にさらわれたのだ。ダイアナの仕業ではなかった。

「ダイアナ様、ダイアナ様……！」

小声で呼びながら激しく揺すってみても、ダイアナはぴくりとも動かない。一瞬ひやりとしたが、息はしていた。嗅《か》がされた薬品がまだ効いているのだろう。

先程の男たちの会話にあった「茶色の方」という言葉。ドレスは二人とも明るい色だったが、ダイアナの髪は金で、ソフィアは栗色。どちらが「茶色の方」なのかは明白だった。

始末すると言っていた。

冷たい床から恐怖が這《は》い上がってくる。具体的な言葉を聞いてしまったのが、余計にソフィアの恐怖を煽《あお》った。

しばらくしたあと、ソフィアはダイアナから離れ、自分が元いた場所に戻り、横になった。目が覚めたとわかったら危ない目に遭わされると思ったからだ。側にいなくても、ダイアナが身じろぎをすれば、その音で目を覚ましたことはわかる。

男たちは元々ダイアナをさらう予定だった。だがその場にソフィアが居合わせ、どちらがダイアナなのかわからなかったので、二人ともさらった。ソフィアは巻き込まれたのだ。

侯爵家の護衛がいたはずなのに、それをかいくぐってダイアナを誘拐するとは、犯人はよっぽど凄腕なのだろう。

目的は何なのだろうか。

身代金か。ローゼ家への脅迫か。ダイアナ自身に用があるのか。

身代金目的で、相手がプロなら話は簡単だ。金さえ払われれば解放される。そして当然ローゼ家は払うだろう。

だとすれば、交渉次第では、ソフィアも身代金と引き換えに解放してもらえるかもしれない。

こういう時のために、家族にだけ通じる合い言葉を決めてある。男たちがそれをアーシュ家に伝えれば、誘拐が真実だとわかる。

そのお金が用意できるかは……返済が止まっている今なら、とりあえずの工面《くめん》はできるだろう。

問題はローゼ家かダイアナに用がある場合で、それだとソフィアの価値はなくなってしまう。

ダイアナと一緒にいたのだから、ソフィアも貴族であることはわかったはずだ。それでも邪魔だと言い切るのならば、相手は身代金目的でない可能性が高い。

逃げなきゃ――

でも、どうやって？


どうにもできないまま時間だけが過ぎた。

手首を縛るロープをほどこうとしたり、ダイアナに声をかけたりしたが、結び目はきつくてほどけなかったし、ダイアナが目を覚ますこともなかった。もう一度近づいてダイアナのロープをほどくことも試《こころ》みたが、それも徒労に終わった。

立ち上がることはできるけれど、扉が開くとは思えない。なぜなら錠《じょう》が下ろされて――

あれ？　鍵を掛けた音、聞こえた？

開ける時は音がしていた、だが、閉じたあとに聞いた覚えがない。

もしかして、開いてるんじゃないの？

掛け金のタイプであれば中からは開かない。地下の倉庫なら十分あり得る。

だがそれなら、わざわざ鍵を掛ける必要だってないはずだ。
ソフィアは雑多に置いてある木箱にぶつからないように気をつけて、扉に近づいた。
後ろ手でノブを探す。
あった。
どきどきと動悸《どうき》がした。
見つかったら、ただでは済まないだろう。
だが、大人しくここにいたとしても、最悪殺される。
ゆっくり、慎重に……
ソフィアはノブを回した。
カチャッ……
わずかに音がして、どきっと心臓が跳ねる。
そっと扉を引いていく。
開いた！
やはり鍵を掛け忘れたようだ。
ほんの少しだけ開いた扉の前で息をひそめた。
大丈夫、気づかれていない。
後ろ手のままさらに扉を開けていくと、ギィ……と蝶番《ちょうつがい》のさび付いた音がした。
そのたびにびくりとしながら、自分が出られるだけの隙間を作る。

大きく深呼吸をしたあと、ソフィアは思い切って顔を出した。

そこは部屋の中同様、暗かった。

だが、右に上《のぼ》り階段があり、その先にほんの少しだけ光が見えた。あそこに扉があるのだ。

ソフィアは靴を脱いだ。

石畳の固くひんやりとした感触が、靴下越しに伝わってくる。

ソフィアは恐怖とその冷たさで、ぶるりと震えた。

ダイアナのいる方を振り向く。

置いていっていいのだろうか。一緒に逃げた方がいいんじゃないか。

だが、この先が安全だという保証は全くない。

男たちはダイアナの処遇については何も言っていなかった。

ならば、ここに残っても、ひどい目に遭わされたりはしないだろう。

自分だけで逃げ出して、助けを呼んでくるのが最善だ。

ソフィアは一人で部屋の外へと足を踏み出した。

足で探って階段の一段目に足を乗せる。

どうか音が鳴りませんように。

息を詰《つ》めて、ゆっくりと足に体重をかけていった。

ミシッ。

足元から音がした。だが小さい。

このくらいなら大丈夫だ。

全ての体重を乗せきり、ソフィアは二段目へと進んだ。

男たちが上《のぼ》り下りしていた時はギシギシと大きな音を立てていたが、そっと上《のぼ》っているのと、ソフィアの体重が男たちよりはずっと軽いのもあって、さほど大きな音は出なかった。

ソフィアは静かに階段を上《のぼ》っていく。

緊張で汗を流しながら、たっぷりと時間をかけて、とうとうソフィアは一番上に到着した。

そこにある扉の隙間から室内の光が見えた。

呼吸を最小限に抑えて、扉の向こうの気配を窺《うかが》う。

自分の心臓の音以外、何も聞こえてこない。

見張りがいるかもしれない。いないかもしれない。

どうしよう。やっぱり戻る？

……ううん、ここまで来たんだから。

覚悟はさっき地下室から出る時に決めたじゃない。

迷った結果、ソフィアは部屋に入ることにした。

後ろを向いて、ノブを探る。

つかんだそれを、ゆっくりと回す。

油が差してあったのか、今度は静かに回った。

中の様子は――変化がない。

ソフィアは思い切ってわずかに扉を開けた。

足元の床に光が射してくる。

扉が開いたというのに、やはり部屋の中からは何の気配もしなかった。

誰もいないのか、まだ気がついていないのか。

まぶしさに目を慣らしてから、ソフィアは徐々に扉を開けていった。

ギィイイッ。

蝶番《ちょうつがい》が大きな音を立てて、ソフィアはぎくりと固まった。

どっどっどっと心臓が高鳴る。

それでもやっぱり誰にもとがめられなかった。

中をのぞき込んでもぬけの殻《から》であることを確かめると、ソフィアは大きく安堵《あんど》のため息をついた。

部屋にはベッドが二台離れて置いてあって、布団がぐしゃぐしゃに丸めてあった。視線の先に扉がもう一つある。

ここが寝室だとすると、この先は居間だろう。ならば外への扉もあるに違いない。

質素な様子から、それほど部屋は多くないと当たりをつける。

出口はすぐそこだ。

もしも男たちが外に出ていれば、簡単に逃げ出せる。

希望が見えてきた。

ソフィアは素早く、しかし慎重に部屋を横切った。

居間へと続く扉に耳をつける。
何の音も聞こえてこない。
たぶん誰もいない。
もはや慣れたもので、縛られた手でノブをつかむ。
それを回そうとした時――
ドンドンッ！
居間の方で扉を叩く音がした。
ビクッ。
だが、ソフィアがいる扉ではない。恐らく玄関の扉だ。
すると、部屋の中で声がした。
「来たか」
「やっとか」
あの男たちの声だった。
留守だと思ったのに、実はそうではなかったのだ。
危うく飛んで火に入《い》るところだった。
ソフィアは後ずさりをして扉から離れた。
どうしよう？　戻った方がいいの？
玄関の扉が開く音がして、誰かが入ってくる。

「首尾はどうだ」

その声を聞いて、戻るかどうか逡巡《しゅんじゅん》していたソフィアははっとした。

知っている声だったからだ。だが誰かは思い出せない。

「もちろん依頼はこなした」

「報酬は弾んでもらうぜ」

「意地汚いごろつきどもが。ほら、くれてやる」

来訪者の言葉と共に、ガチャッという音がした。コインの入った袋を放り投げたような音だった。

この誘拐の依頼主と請負者というわけだ。

「いくら家のためとはいえ、女を誘拐させる男には言われたくねぇな。なぁ、……のお坊ちゃんよ」

「なっ！　なぜそれをっ！」

男たちは依頼主の素性を知っていた。

だが、肝心の家名はソフィアには聞こえなかった。

「出歩く時には後ろに気をつけな。身元を割るのは簡単だったぜ」

「ぐっ。いくら欲しい」

「そう慌てんなって。依頼人のことを触れ回るつもりはねぇよ。んなことしたら、商売上がったりだからな」

「そ、そうか」

依頼人はあからさまにほっとした声を出した。

「ついでに聞かせてくれよ。なんであのお嬢ちゃんを誘拐させたんだ？」

ソフィアはドアにかじりついた。

この誘拐事件の動機が聞けると思ったからだ。

だが、そんな簡単に依頼人が明かすわけがないと思い直した。

しかし、ソフィアの常識的な予想に反して、依頼人はぺらぺらと話し始める。

「簡単なことだ。我が家は王太子を手中に入れていたのだが、近頃王太子に自我が生まれたようでな、言うことを聞かなくなった。だからその婚約者の家を抱き込む方針に切り替えたのさ」

その言葉を聞いて、ソフィアの頭の中で線が繋がった。

声の主、そしてこの誘拐の依頼人は――リカルド・ブルデンだ。

なんと短絡的な動機だろうか。

「なるほどな」

ソフィアと同じことを思ったのか、男たちはげらげらと笑った。

それを感心されたと勘違いしたのか、リカルドは得意げに言葉を続けた。

「もちろん、計画はそれだけではない。我が家に反発する他の重鎮《じゅうちん》たちにも退場してもらうよう準備を進めている」

「そんときは俺たちにも一枚噛ませてもらいたいもんだね」

「いいだろう」

喋《しゃべ》りすぎなことに男たちが呆れたのにも気づかず、リカルドは鷹揚《おうよう》に言った。

「そんじゃ、今度は俺たちがお嬢様を引き渡す番だな」

そう言って、男の一人がソフィアのいる方へと歩いてきた。

こっちに来るっ！

どうしよう！

ソフィアは階段の方へと走った。靴下が足音を消してくれる。

だが、扉から階段室へと逃げ込む直前に、男が部屋の扉を開けた。

「なっ⁉　お前どうやって！」

見つかった！

逃げたところで先には地下室しかないのだが、目の前の恐怖に駆られて階段を駆け下りる。

しかし途中で、ぐっと髪の毛をつかまれた。

「きゃっ」

後ろに引かれて背中を階段に強く打つ。ぶちぶちと髪の毛が抜ける音がした。

「手前《てめ》ぇ、逃げる気だったな！」

引きずられるようにして、階段を上《のぼ》らされた。

「どうした？」

仲間の男が部屋から階段をのぞき込んだ。

「こいつが逃げようとしてやがった」

「痛いっ！　やめて！」

ぐいぐいと引っ張られ、そのまま居間まで連れて行かれる。

そして床に放られた。

後ろで手を縛られていたソフィアは、受け身を取れず、顔を床に打ち付けた。

すると、頭上から、「ひゅっ」と息を呑《の》む音がした。

「ソ、ソフィア・アーシュ……なぜここに……」

ソフィアは身をよじって声の主の顔を見た。

「リカルド・ブルデン……！」

ぎっと強くにらみつける。

「何だ知り合いか。お嬢様にくっついてきちまったのさ」

「こ、殺せ！　今すぐに！」

リカルドが焦燥《しょうそう》の声を上げた。

「お友達じゃなさそうだな」

「顔を見られた！　生かして帰すな！　ここで殺せ！」

リカルドはものすごい形相《ぎょうそう》だった。

ソフィアは驚きと恐怖で体を固くしたまま動けない。

また髪をつかまれて、体を強制的に起こさせられる。

「元々始末するつもりだったしな。いまここで殺《や》っちまうか」

その言葉でソフィアの緊張の糸がぷつりと切れた。

「いゃあぁぁぁぁぁっ！」

口から絶叫がほとばしった。

むちゃくちゃに暴れるが、男は髪をしっかりとつかんで離さなかった。

しかし、やっかいと思ったのか、顔をつかまれ、床に押し倒された。男が腹の上に馬乗りになる。

自分と男の体重で縛られた腕が潰されたが、その痛みを感じる余裕がない。

「いやっ！　いやっ！　やめて！」

いくら暴れても男の下から抜け出すことはできなかった。

「リカルド！　私あなたのことなんて喋《しゃべ》らないわ！　全部忘れるから！」

必死で訴えるが、リカルドは青い顔をしたままソフィアを見ているだけだった。

「こんなことをして許されると思っているの⁉　やめて！」

暴れるソフィアを煩《わずら》わしく思ったのか、男が拳を振るった。

今まで受けたことのない衝撃を顔に受けて、ソフィアの体が恐怖で固まった。

次に男はナイフを手にした。明かりを反射してきらりと光る。

殺されるっ！

ぎゅっと目を閉じる。

レイモンド様――っ！

とっさに脳裏に浮かんだのはレイモンドの顔だった。

首筋にぐっとナイフの切っ先が押し付けられる。ちくりと痛みを感じた。

その時——

バンッと、玄関の扉が開いた。

飛び込んできたのは、まさかのレイモンドだった。ランプの光に金色の髪が反射する。

幻《まぼろし》だと思った。

レイモンドはナイフを突きつけられたソフィアを見て、顔色を変えた。

「貴様ぁぁぁっっ！」

ソフィアに馬乗りになっていた男に一足飛びに迫ると、手にしていた剣で斬りかかる。

男はナイフで応戦したが、それはすぐにレイモンドに弾き飛ばされた。

レイモンドは間髪を容《い》れずに顔に回し蹴りを放ち、男を吹っ飛ばす。

「な、何だ手前《てめ》ぇは！」

もう一方の男が剣を振りかぶった。

それを危なげなく受け止めたレイモンドは、一合、二合斬り結ぶと、相手の懐《ふところ》に飛び込んで鳩《みぞ》尾《おち》に膝《ひざ》蹴りを叩き込んだ。

ぐっとうめいて男が崩れ落ちた。

あっという間の出来事だった。

「ソフィア！」

レイモンドが勢いよくソフィアを振り向いたのと、扉がまた乱暴に開けられたのは同時だった。

剣を構えた騎士が大勢、足音高く入ってきた。

「殿下、お一人で行かれては――」

騎士と共に入ってきたユーディルがソフィアを見て絶句する。

「ああ、ひどい……」

ソフィアに駆け寄るユーディル。

それを見たレイモンドは、ぐっと唇を噛んで顔をしかめると、呆然《ぼうぜん》と突っ立っているリカルドに詰《つ》め寄った。

「リカルド・ブルデン！　自分が何をしたかわかっているのだろうな！」

「で、殿下……なぜ……これは誤解で……」

真っ青な顔で弁明している。だが、それが通用するはずもない。

「拘束《こうそく》しろ！」

騎士に命令だけすると、レイモンドは身を翻《ひるがえ》して奥の寝室へと駆けていった。

「殿下！」

あとを騎士たちが追っていく。残った騎士は倒れている犯人を縛り上げた。

「だ……いあな、さまが……っ」

ソフィアは助け起こしてくれたユーディルに訴えた。

喉がカラカラで上手く声が出せない。

「わかっています」

ユーディルがソフィアの腕の縄をナイフで切りながら頷《うなず》いた。

「どうして……ここに？」

「お二人が拐《かどわ》かされたとローゼ家から連絡が入りまして。御者《ぎょしゃ》が報告したようです。飛び出そうとする殿下を押さえるのが大変でした。場所が判明した途端、真っ先に向かってしまわれましたが」

ユーディルはレイモンドが出て行った扉に目を向けた。王太子自ら先頭に立って行ってしまったことを責める口調だったが、心配はしていないようだった。あの剣の腕だ。たとえ他に賊《ぞく》がいても遅れは取らないと思っているのだろう。

ソフィアはあの先にはダイアナしかいないことを知っているので、心配する必要はなかった。

「立てますか？」

ぺたりと座り込んでいたソフィアは、ユーディルの手を支えにして、なんとか立ち上がった。騎士の一人が肩にブランケットを掛けてくれた。

そこにレイモンドが現れた。腕には大事そうにダイアナを抱えている。目を覚ましたダイアナがレイモンドの首に腕を回し、ひしっとしがみついていた。

レイモンドはソフィアを一瞥《いちべつ》もせずに部屋を横切り、外へと出ていった。後ろにリカルドを拘束《こうそく》した騎士たちが続く。

ユーディルが近くに残党がいないか確認するようにと指示を出し、行きましょう、とソフィアの背中を軽く押した。

よたよたと外に出てみると、辺りはすっかり暗くなっていた。森の中だ。ソフィアたちは丸太でできた小屋にいたのだった。木々に騎士団の馬が何頭も繋がれていた。

レイモンドがダイアナを抱えたまま馬車に乗り込むのが見えた。

ソフィアは別の馬車に乗せられて、寮に帰された。

心配していた侍女たちが、優しく介抱してくれた。


すぐに眠りに落ちたソフィアは、夜中に目を覚ました。

殴られた頰《ほほ》は冷やしたが、まだ腫《は》れが引いておらず、口を動かすと痛い。

手首にはきつく縛られた縄の跡がついていて、擦り傷があった。

誘拐されていた時のことを考えると、体がガタガタと震えて、涙が出てきた。

混乱していた思考が整理されていき、恐怖がじわじわと湧き上がってくる。

怖かった。

手を縛られて暗い部屋に放置されていたのも、顔を殴られたのも、ナイフを突きつけられたのも。

冷たいナイフの感触がまだ首に残っている感じがする。触るとかさぶたができていた。

布団の中にもぐって体を抱きしめ、別のことを考えようとした。

浮かんできたのはレイモンドだ。

あの場に飛び込んできたのがレイモンドだとわかった瞬間、泣きそうになった。安堵《あんど》というよりは、ただただ嬉しかった。来てくれるなんて思いもしなかった。

ピンチに颯爽《さっそう》と現れ、あっという間に犯人たちを倒す様は、物語のヒーローのようだった。

真剣な声で名前を呼ばれ、胸が熱くなった。あの声が忘れられない。

――だが、レイモンドが助けに来たのはソフィアではない。

ソフィアに危険がなくなったのを確認するや否《いな》や、レイモンドは身を翻《ひるがえ》し、ダイアナを探して奥へと駆けていった。

ダイアナを大切に抱える腕。心配そうに注がれる眼差《まなざ》し。来た時には硬かった表情が安堵《あんど》に緩んでいた。

ユーディルの言う通り、王太子が騎士を置いて最初に現場に飛び込むなどどうかしている。本来なら安全な所にいて、救出完了の報告を待つべきだった。

だがレイモンドは、ダイアナがさらわれたと知っていても立ってもいられず、自ら助けに来てしまった。ユーディルの制止を振り切って。

レイモンドにとって、ダイアナはそれだけ大切な女性《ひと》なのだ。

ダイアナを救い出したあと、レイモンドはソフィアのことを一度も見なかった。ソフィアはたまたまそこにいただけで、ついでだった。

わかっていたことだ。初めて顔を合わせた時から。

ソフィアはただの当て馬。ダイアナを振り向かせるためだけの存在。レイモンドの近くにいられたのは、そういう役割を与えられたからだ。

なのに……好きになってしまった。

ユーディルにも好きになってはいけないと言われたのに。

涙が目尻を伝っていく。それは先ほどまでの恐怖からくるものではなかった。

傲慢《ごうまん》で、わがままで、頑固で、王太子としての責任を全く果たしていないような人。いいと思えるのは見た目くらいだ。

——違う。

レイモンドは変わった。

自分勝手ではなくなり、身分を笠に着ることもなく、ちゃんと政務をこなすようになった。しかも見事な手腕だという。批判しか聞かなかったレイモンドの評判は、これまでとは打って変わって良くなっていた。

乗馬に出掛けた時はソフィアのことを気遣ってくれた。一緒に踊ったダンスはとても楽しかった。ソフィアを嫌がらせから守ってくれている。今日も助けに来てくれた。

天使のような見た目で、王太子として成長していて、なんだかんだでソフィアに優しくて。

好きにならない方がおかしい。

だけど——

不毛な恋だ。

ソフィアは両手で口を覆《おお》った。

相手は王太子。片やソフィアは、家の歴史しか誇れるもののない、しがない男爵令嬢。計画がなければ、同じ学園にいても言葉も交わさなかっただろう、雲の上の存在だ。

何より、レイモンドの心はダイアナに向いているのだ。

——忘れよう。

パーティに引き続き、この事件で二人の仲は深まっただろう。

やり方は最低だったが、レイモンドとダイアナの気持ちを通じ合わせることに成功した。レイモンドはこれで幸せになれる。ダイアナがしてくれる。

それで十分だ。

レイモンドが幸せになってくれるならそれでいい。

そう思うのに、あとからあとから涙がこぼれて止まらない。

声が漏《も》れないように顔を枕に押し付けて、ソフィアは泣けるだけ泣いた。

今日だけは。今夜だけは泣こう。

そしてこの気持ちを全部洗い流してしまおう。

明日からまた、屈託のない笑顔を作れるように。


次の日、ソフィアは事件について供述するために、王宮に出向いた。

迎えてくれたのはユーディルだ。聞き取りをしたのもユーディルだった。

思い出すと声が震えそうになる。

泣かずに全てを話しきるために、ソフィアは久しぶりに令嬢の仮面を被った。

「つらいことを思い出させてしまいました。ありがとうございました」

ユーディルが立ち上がったところで、ソフィアは思い切って切り出した。

「あの、計画のことなのでございますが……」

「何でしょう？」

「まだ……続けるのでしょうか？」

「ええ、もちろん。なぜです？」

ユーディルが首を傾《かし》げた。

「何のために続けるのでしょう？　お二人は想い合っていらっしゃいます」

パーティのあと、ダイアナを追いかけていったレイモンド。きっとその時に二人で話し合っただろう。そうでなかったとしても、昨日の様子で互いの気持ちは一目瞭然《いちもくりょうぜん》だ。

これ以上続ける意味はない。むしろ継続するのは逆効果だ。

「殿下はそうは考えていらっしゃいません」

「なぜでしょうか？」

ユーディルは肩をすくめただけだった。

「これ以上、ダイアナ様を傷つけたくはありません。もう十分なのではありませんか？」

ユーディルが気の毒そうな顔をした。

「あとたった二月《ふたつき》です。ダイアナ嬢のことはこちらでフォローします。ですから、どうかあと少しだけお願いします」

「二ケ月というのは、たった、と言うには長すぎる期間です」

ソフィアは目を伏せた。

「わかりました――と言って差し上げたいところですが、お決めになるのは殿下です。殿下に直接おっしゃって下さい。私では殿下を説得することはできません」

「そう……でございますね」

その通りだった。決めるのはレイモンドだ。レイモンドに言わなくてはならない。

説得できるだろうか。

レイモンドは怒るだろうか。いいや、きっと今のレイモンドなら、話せばわかってくれる。


その日と次の日の二日間休んだあと、ソフィアは学園に復帰した。気持ちが落ち着き、頬《ほほ》の腫《は》れも引いたからだ。

ちなみにダイアナの方は事件の当日に供述を終え、翌日には復帰したのだという。

あんなことがあったというのに、ソフィアには想像もつかないほど強靭《きょうじん》な精神力だ。未来の王妃に相応《ふさわ》しい。

放課後にレイモンドのお茶会に呼ばれたソフィアは、指定の庭園に向かった。

庭園に着くと、レイモンドが椅子から立ち上がってソフィアに歩み寄った。ソフィアは一瞬身構えた。以前同じことがあった時、レイモンドはとても怒っていたのだ。

が、レイモンドは腕を差し出しただけだった。よくわからないままソフィアは手を乗せる。

ソフィアについてきていた二人の令息たちは、レイモンドに一礼して去っていった。

「遅かったな」

「講義が少し長引きました」

レイモンドはそのままソフィアを席まで連れて行くと、椅子を引いた。ソフィアが目を丸くしてレイモンドを見る。こんなことは初めてだ。

何だこれは。嵐の前触れか。

「座れ」

声と口調と表情はいつも通りだった。

ソフィアが訝《いぶか》しげに椅子とテーブルの間に立つと、レイモンドが椅子を押してくれた。逆に引かれるんじゃないかと警戒までしたのに。ますます怖い。

するとレイモンドは、自分の席には座らずに、立ったままお湯の入ったケトルを手に取った。

そして、お湯をポットに注ぎ始めた。

紅茶を淹《い》れている――

あのレイモンドが、手ずから。いよいよ不安になってきた。これは絶対何かある。

「レイモンド様……お茶、淹《い》れられるんですね」

「わたしは何でもできる」

恐る恐る聞いてみる。いつもの偉そうな態度だ。確かに懐中時計を見ながら時間を計っているのは様になっていた。

変な味がするのでは、とおっかなびっくり口をつけたが、レイモンドが淹《い》れてくれたお茶はとても美味しかった。

「美味しい」

「だろう？」

ふふん、とレイモンドが得意げな顔をする。

「昨日たくさん練習したんです」

「ディル！」

こそりと漏《も》らしたユーディルにレイモンドの叱責が飛んで、ソフィアはほっと息を吐いた。やっぱりいつも通りだ。きっとまた気まぐれでも起こしたんだろう。

お茶とお菓子を美味しく頂いたあと、ソフィアは意を決してレイモンドに話しかけた。

「レイモンド様」

「レイ、と呼べ」

「えっ？」

「これからは、わたしのことはレイと呼べ。わたしもソフィと呼ぶ」

「なんでですか？　そんな急に」

「いい機会だからな。その方が効果的だろう？　そろそろ態度が変わる頃だしな」

効果的と言うのは、ダイアナの嫉妬《しっと》を煽《あお》るには、という意味だ。

そして、態度が変わる頃というのは、計画上、友人役がレイモンドへ好意を持ち始める頃だということ。

図《はか》らずも、友人とソフィアの感情は一致してしまっていた。

「そのことなんですが――」

「ソフィ」

レイモンドが静かに名前を呼んで、ソフィアはびくりと肩を震わせた。知っているのだ。ソフィアが何を言い出そうとしているのかを。ユーディルから聞いたのだろう。

だが、ソフィアは黙らなかった。

「これ以上続ける必要はないと思います。もうやめませんか」

「駄目だ」

「パーティの時のダイアナ様を見たらわかるじゃないですか。ダイアナ様はレイモンド様のことを想っています。誘拐された時だって……。もう私は必要ないと思います。レイモンド様もわかってますよね？　だから――」

「わたしはそうは思わない」

「どうしてですか！」

ソフィアは思わず声を荒らげた。どう見たって相思相愛なのに、なぜわからないのか。俯《うつむ》いて唇を噛む。自分で言っていてつらい。

「ソフィア・アーシュ」

顔を上げると、レイモンドは無表情でソフィアを見ていた。

「中止はしない。ここでお前がやめれば全てが白紙に戻る。そうなれば領地はどうなる？　代々統治し守ってきた領民を裏切るのか？」

ソフィアは顔を伏せた。それはできない。

「それに――」

レイモンドが立ち上がり、テーブルを回ってソフィアの横に来た。片手をテーブルにつき、ソフィアを見下ろした。

「お前はやると言っただろう。王太子《このわたし》との約束を違《たが》える気か？」

聞いたことのない冷ややかな声。それは王太子に相応《ふさわ》しい、厳しく強制力を持ったものだった。

「も、申し訳ありません……」

再び頭を下げたソフィアの唇は震えていた。嫌がらせのことを黙っていた時よりも、ずっとずっと怒っている。

「そのようなことをして無事でいられると思うな。家族もな。お前は役割に徹《てっ》していればいい」

頭を下げたままのソフィアを見て、レイモンドはソフィアから離れた。

「今日は終《しま》いだ」

レイモンドは去ろうとして、くるりとソフィアの方を向いた。

「ああ、さっきも言った通り、これからはレイと呼べ」

そして今度こそソフィアを置いて去っていった。

レイモンドとユーディルがいなくなったあと、ソフィアの目からぽたりと涙が落ちた。

止《や》めようと言えば怒るかもしれないとは思っていたが、あんな風に言われるとは思っていなかった。まさか家族を人質にとるようなことまで言い出すとは。

レイモンドがソフィアに優しいだなんて、勘違いだった。

その関係は、あくまでも計画あってのこと。

そして、レイモンドは、ダイアナを振り向かせるために、なりふり構う気がないのだ。

ソフィアの感情など、初めから考慮のうちに入っていなかった。

＊＊＊＊＊

「あんな言い方をなさらなくても……」

速足で庭園から遠ざかるレイモンドを追いかけるようにして、ユーディルは言った。

レイモンドが自分の前髪をくしゃりと握る。

「他に言いようがあったか？」

「本心を告げる気はないのですか？」

「言えるわけがないだろう！」

焦燥《しょうそう》が表情に表れ、レイモンドの顔はゆがんでいた。

＊＊＊＊＊

それからレイモンドはソフィアへの態度をがらりと変えてきた。

「ソフィ」

「レイ様」

廊下から呼ばれて、ソフィアはレイモンドに駆け寄った。

「どうしたんですか？　さっき来たばっかりじゃないですか」

「今日、茶会を開くから、赤の庭園に来てくれ」

「そのくらいならわざわざ来なくても、言伝《ことづて》をくれればいいのに」

「いや、わたしが自分で伝えたかった」

レイモンドが、ソフィアが垂《た》らしているサイドの髪へと手を伸ばす。その手が触れる前に、ソフィアは髪を耳に掛けてにこりと笑った。

「ありがとうございます」

「では放課後に」

空振りした手を宙で握り、レイモンドは最高学年の講義室へと戻っていった。

その背中を笑顔で見送りながら、心の中でため息をつく。

レイモンドはやりすぎだ。友人の域を超えている。仲睦《なかむつ》まじい許婚《いいなずけ》同士でも、ここまでベタベタしたりしないものだ。完全にバカップルである。一体何を考えているのか。

ダイアナはさぞかし心を痛めているだろう。

ソフィアは罪悪感に苛《さいな》まれた。時折見るダイアナはやはり悠然《ゆうぜん》と微笑んでいたが、その笑顔の下に燃え上がる嫉妬《しっと》の炎を隠しているに違いない。

しかし同時に、レイモンドの仕草一つ一つにときめき、幸せな気持ちになってしまう自分もいた。

そして、レイモンドがソフィアに笑顔を向けるたびに、それがただの演技でしかないのだと思い知る。

ソフィアは恋心を奥底に沈めて友人役に徹《てっ》した。

あとほんの少しだ。もう少しで計画は終了する。


計画のラストにあたる王宮での夜会まで、あと数日と迫った日。

「ところで、ダイアナ様の方はどうですか？」

放課後に開かれた三人でのお茶会で、ソフィアはさりげなく聞いた。

もはや計画は成功したも同然だったが、こんな苦しい思いをして失敗したら目も当てられない。

レイモンドに幸せになってもらいたいという気持ちもある。

「……そっちは順調だ」

「そう、ですか」

ということは、ダイアナはレイモンドへの恋心を募《つの》らせているのだろう。そしてそれをレイモンドが知っているということは、二人は何らかのやり取りをしているのだ。

ソフィアの胸がずきりと痛んだ。

気持ちを抑えつけていても、痛いものは痛い。

「良かったです。一年やってきた甲斐《かい》がありました。最後のパーティまで頑張りましょうね」

ソフィアは笑った。作り物の笑顔で。

「そのパーティのことなのだが……計画を変更することにした」

「変更？」

「ダイアナに婚約破棄を突きつけるのはやめる」

「え？」

「今のダイアナに非があるわけでもないし、宣言したあとでダイアナがわたしに……その……すがりついてくる……というのも現実的ではない」

ソフィアもそこは心配していた。

誘拐の日以降、ダイアナから何か働きかけがあるかと思えば、全然なのである。というか、レイモンドが変わらず鉄壁のガードを敷いているせいで、その隙がない。

最初は嫌がらせにダイアナの影がないことを喜んでいたが、多少は糾弾《きゅうだん》できることがなければ破棄を言い出せない。ソフィアへのちょっとした嫌味や嫌がらせは、破棄の撤回もしやすいちょうどいい案件だったのに。

そして、こじつけで無理やり破棄を迫ったとして、ダイアナが嫌だと言うかも微妙なところだった。

王太子殿下の決めたことなのだから、と泣く泣く従ってしまう可能性がある。そんなことになったら一大事だ。

レイモンドもそう考えて計画を変えることにしたのだろう。

「どうすることにしたんですか？」

「まだ決めていない」

レイモンドが迷子のような顔で俯《うつむ》いた。道がなければ今すぐ造れ、と言わんばかりに我が道を行く性格をしているくせに。

「回りくどいことはせずに、まっすぐ気持ちを伝えたらいいと思いますよ」

「そう、だろうか」

「はい」

顔を上げたレイモンドに、ソフィアは無理に微笑んだ。

「それで、私はどうなるんです？」

「悪いようにはしない……つもりだ」

「結婚相手でも見繕ってくれるんですか？」

冗談で言った言葉に、レイモンドはあからさまに反応した。

「そういうわけでは……いや、うん……」

ああ、聞くんじゃなかった。

ソフィアは空を仰《あお》いだ。

これはレイモンドの善意だ。社交界から退場するソフィアのためにとでも思ったのだろう。悪評のついたままでは嫁のもらい手がないから。

大きくため息をつく。心に立ったさざ波を鎮《しず》めるために。

「余計なお世話です。レイ様に言われたら相手も断れないでしょう。幸い、こんな私でももらってくれる人はいたわけですし。自分でなんとかします」

「求婚されたことがあるのか⁉」

そんなに驚くことはないだろう。失礼な。

「はい」

「誰に！」

「ブルデン侯爵ですけど」

もらってくれる上に援助まで申し出てくれた奇特な御仁《ごじん》だ。好色ジジイで息子はアレだったが。

そして今は、あの誘拐事件の捜査で自宅に軟禁されている容疑者でもある。

だが、とにかくソフィアに求婚してきた事実には変わりがない。悪評があってもいいと言ってくれるような変わった趣味の人が、もう一人くらいいないとも限らないではないか。

「あの男か……」

レイモンドが苦々しい顔をした。

ユーディルがソフィアの婚約をなかったことにしたのを忘れていたらしい。

相手が誰であっても、レイモンドに薦《すす》められる人よりはマシだと思った。好きな人に結婚相手を紹介されるなんてつらすぎる。

「ソフィは――」

レイモンドは目線をさ迷わせた。

そして、弱々しく続ける。

「その……心に想う相手は、いる、のか？」

どきりと心臓が跳ねた。

聞く？　ねぇ、それ聞く？　あなたが？

もしいたら、協力でもしてくれるのだろうか。

王太子様の威光でもって、無理にでも結婚させてくれるつもりなの？

鼓動が速くなって、手の先が冷えていった。視界がきゅぅっと狭まった。

心の中のさざ波が、大きくなっていく。

ソフィアは満面の笑みを作った。

「私はレイ様が好きです」

「っ！」

瞬間、レイモンドが虚を突かれたような顔をした。

それがくしゃりと崩れる。

「……そういう嘘をつくものじゃない」

嘘じゃない。

好きだ。レイモンドのことが。大好きだ。

だけど言えない。

心が潰れていく。痛い。鼻の奥がツンとした。

泣くな。笑え。

「そういう設定ですから」

友人は、レイモンドのことを好きになる。今のソフィアと同じように。

ソフィアはさっき以上の笑顔で笑った。

＊＊＊＊＊

課題があるんでした、と言って、ソフィアはいなくなった。

レイモンドは知っている。それはソフィアが急いで退出したい時の言い訳だと。

去っていくソフィアの背中が見えなくなると、レイモンドは、ごんっ、とテーブルに額《ひたい》をぶつけた。

「聞いてどうなさるおつもりだったんですか……」

「言うな。わたしも後悔している」

「ソフィア嬢は素晴らしい演技力をお持ちですね」

「黙れ」

レイモンドは両手で顔を覆《おお》ってため息をついた。

第九章　ついに最後のパーティです

レイモンドへの恋心をひた隠しにして、ソフィアは友人役をやり切った。

あとは今日の夜会で、ダイアナの気持ちがレイモンドに向いていることを確かめるだけだ。

レイモンドが言うには順調らしいから、二人は上手くまとまるだろう。この話を持ち掛けられた時に思った通り、全くの茶番だった。

わざわざ大衆の面前でなくたって、二人きりで静かに愛を語らえばいいものを、自己顕示欲の強いレイモンドはそれでは満足できないのだ。

今さらながら、とんでもないことに巻き込んでくれたものだ。

まあそれで実家が生き延びられるのだから、文句は言うまい。

ため息をついたところで、ソフィアの乗った馬車が止まった。場所はリンデ公爵邸だ。身支度を整えるために呼び出された。

ユーディルに迎えの時間を告げられた時、夜会に向けてそんなに早くから準備をするのかと聞き返してしまった。苦笑しながらの肯定だったので、ユーディル自身も女性の身支度の長さには呆れているのだろう。

厚意に対して文句を言えるはずもなく、ソフィアは指示に従った。

公爵邸のある一室に通されたあと――


「私、一人で入れますからっ」

ソフィアは公爵家の三人の侍女に取り押さえられていた。

「いけません、お嬢様。お一人で浴室になんてとんでもない」

「わたくしどもがお世話いたします」

「いいえ、結構です！」

「ユーディル様に叱られてしまいます」

「ユーディル様には黙ってますからっ！　えっ、やだっ、うそっ!?」

歴戦の侍女たちには敵《かな》わず、ソフィアはあっという間に丸裸にされ、浴室へと連行された。

「ちょっ！　そんなとこ!?　やめてっ、いやぁぁっっ！」

ソフィアの抵抗は完全に封じられ、隅から隅まで洗われ、香油をすりこまれ、マッサージされた。

「うう……もうお嫁に行けない……」

「大丈夫ですわ、お嬢様。みなさましていらっしゃることですから」

ソフィアは顔を両手で覆《おお》って震えながら、貧乏で良かった、と思った。こんなこと毎日されていたら、そのうち恥ずか死んでしまう。

ソフィアの受難はその後も続く。

「い……いた……いぃ……むり……もうむり……」

コルセットを三人がかりで締められ、ソフィアは胃の中身どころか内臓まで飛び出しそうになっていた。肋骨《ろっこつ》が悲鳴を上げている。

母親の助言で朝食と昼食を抜いていて本当に良かったと思った。全部吐いてしまうところだ。

「もう少しだけご辛抱《しんぼう》下さいませ。はい、息を吸って――」

すでにぎりぎりまで圧迫されているのに、どうやって息を吸えと言うのか。

「――吐いて」

「ぐぅっ」

それでもなけなしの息を吐いたところで、さらにぐっと締め付けられた。

「ふぅ……締め甲斐《がい》がありました。ここまで細くなりましたよ」

鏡の前に引っ張り出されたソフィアは、目に見えてウエストが細くなっていることに驚いた。母親に手伝ってもらったとしても絶対に到達できない領域だ。

ソフィアはすでに息も絶え絶《たただ》えなのに、世の中の貴族の女性たちはこの状態で飲み食いをするのだから凄《すさ》まじい。体のどこにそんな隙間があるのだろうか。

次はドレスだ。ソフィアは言われるままの人形と化した。立っているだけなのは楽だが、とても居心地が悪い。

目の覚めるような青いドレスは、学園でのパーティ同様、レイモンドが選んだものだった。

フィッティングの時にも思ったが、大変重い。一枚一枚の布は薄く、宝石や真珠の飾りも小さいが、幾重《いくえ》にも重ね、ちりばめていればそうなる。

コルセットが苦しく、そこにずしっとドレスの重みがかかる。

「こちらへ」

ソフィアは椅子に座らされた。ヘアセットとメイクをするらしい。肩周りに布が掛けられる。

「まあ、きれいな御髪《おぐし》ですこと」

「お肌もきれい」

「どんなお手入れをなさってらっしゃるんですか？」

「特別なことは何も」

ソフィアはお世辞を聞き流し、じっとしていた。とにかく苦しかった。

「終わりました」

「ありがとう……ございます……」

肩が凝《こ》りそうなほどの時間をかけて、ソフィアのヘアメイクは終わった。

侍女がポケットから懐中時計を出して時間を確かめた。

部屋には時計はなかったが、窓の外を見ると日はだいぶ傾いていて、夜会の時間が迫っているのがわかる。

これまたずしりと重みのある宝飾品をつけて、最後にヒールの高い靴を履けば完成だ。

侍女がソフィアを鏡の前に連れて行った。

「うそ……」

鏡に映った自分の姿を見て、ソフィアは両手で口を覆《おお》った。手をひらひらと動かして、鏡の中の人物が確かに自分であることを確認する。

鮮《あざ》やかな群青色《ぐんじょういろ》のドレスがソフィアの白い肌を際だたせていた。

顔が余計に地味に見える、と敬遠してきた大振りの宝飾品は、メイクで目鼻立ちをはっきりさせると、意外によく似合っていた。

梳《くしけず》られ、つやつやと輝く栗色の髪は高く結い上げられて、緩く巻かれたもみあげの部分だけが垂《た》れている。

ヘアメイクだけでここまで変わるものか、と驚嘆してしまう。侍女ってすごい。

「ドレスでしかめ面などいけませんわ。優美に笑って下さいませ」

先ほどまで、苦しさや重さに負けて、顔をしかめてしまっていた。

優美な微笑み、ねぇ。

この一年、朗《ほが》らかな笑顔は散々してきたが、淑女らしい微笑みはしばらくしていない。

ソフィアはかつて何度も練習した通り、柔らかく目を細め、口角を上げて微笑んだ。

「まあ。お嬢様、とってもお美しいですわ」

「ええ、本当にお美しいです」

「頑張った甲斐《かい》がありました」

「ありがとうございます」

ソフィアが頭を下げると、とんでもございません、と侍女たちは恐縮した。

そこに、ノックの音が鳴る。

「ユーディルです。準備のほどはいかがでしょうか」

「今ちょうど終わりました」

ソフィアの返事を待って、ユーディルが扉を開ける。

その動きがぴたりと途中で止まった。

「これはまた……よくお似合いです。見違えましたね」

「ありがとうございます」

ユーディルは本心から言っているのだろう。ソフィア自身が驚いているのだから。まあ、元がいまいちなので、盛り盛りにしたところでたかが知れているわけだが。

「今日は、レイ様に挨拶するだけでいいんですよね？」

計画の詳細は聞けずじまいだったが、ソフィアは会場入りと同時にレイモンドの所へ向かって挨拶をし、特別な友人であることを示すだけでいいと言われていた。

「ユーディル様？」

「……入場したら、すぐに殿下の元へ行って下さい」

「はい」

ユーディルは曖昧《あいまい》な笑みを浮かべていた。

「何か――」

「兄君がお待ちです」

他にもあるのかと聞く前にユーディルが腕を出してきたので、遠慮なくつかまらせてもらった。

玄関ホールへの階段をゆっくり下りていくと、足音が聞こえたのか、セグリットが振り向いた。

「ソフィ……？」

訝《いぶか》しげにソフィアを見る。セグリットもソフィアの変身ぶりに驚いていた。

「ええ、私よ」

「驚いたよ」

「私もびっくりしたわ」

「ああ、失礼」

呆気にとられていたセグリットは視線をユーディルへと向けた。

「ユーディル様、妹が大変お世話になりました」

「いいえ。当然のことをしたまでです」

「何から何まで申し訳ありません」

「構いません。これも殿下のためですから」

そう、これも全てレイモンドの計画のため。

行こうか、とセグリットがソフィアに手を差し出した。

ソフィアが手を離す前に、ユーディルが口を開く。

「どうか殿下をお願いします」

「ユーディル様も出席するんですよね？」

「はい。殿下の近くにいます」

ヘマをするなという意味だと解釈して、ソフィアは、頑張ります、と答えた。

やり遂《と》げる。

借金をなくして領地を救うために。

そして――レイモンドの幸せのために。

ソフィアはセグリットの手に自分の手を重ね、リンデ邸をあとにした。

「どうしたんだ、ソフィ？」

「ちょっと、自分の変わりように感激しちゃって」

目を少し赤くしたソフィアは、馬車の中で聞いてきたセグリットに、笑って答えた。


夜会会場である王宮の大広間の入り口に、セグリットとソフィアは並んで立った。白地に金箔《きんぱく》で文様が描かれている両開きの扉は全開になっていて、部屋の内外の両脇に衛兵が立っていた。

「セグリット・アーシュ様、ソフィア様！」

高らかに二人の名前が読み上げられる。

セグリットがびくりと体を硬直させた。

無理もない。広間に家名が響いた途端、参加者の視線が一斉に自分たちに集まったのだ。

あれが、あの、とざわめきが広がっていく。

全く動じなかったソフィアは、我ながら度胸だけはついたな、と自分に感心した。今なら外交官にでもなれそうだ。何を言われても、何を言うにしても、涼しい顔をしていられるだろう。

ソフィアは思いっきり口角を上げた。

王太子の友人は怖《お》じ気《け》づいたりしない。淑《しと》やかに目を伏せたりしない。優美に微笑んだりもしない。

綺麗な服装をして人がたくさんいる賑《にぎ》やかな場所にいたら、楽しくて仕方がないはずだ。

セグリットのエスコートに従いながら、目を大きく開いて、きょろきょろと左右を見回す。

料理の並んでいるテーブル、豪華なシャンデリア、素晴らしい絵画、そして美しく着飾った人々。

その全てに目を奪われているふうを装《よそお》う。

事実、提供されている料理も、その広間の内装も、参加者の装《よそお》いも素晴らしかった。こんな状況ではなく、ただ一人の令嬢としてデビュタントを迎えられていたのなら。

「ソフィ」

忙《せわ》しなく視線を動かすソフィアを見かねて、セグリットが小声でたしなめた。

その動きではっと気がついた振りをして、ソフィアはセグリットに笑顔を向ける。

「すごいですね、お兄様！」

注目されていることなど全く気がついていないというように、大声を上げた。

まあ、とご婦人方が眉をひそめる。

セグリットは何か言いたそうな顔をしたが、結局何も言わなかった。学園に入ってからのソフィアの変わりようには、家族全員が見て見ぬ振りをしていた。ソフィア自身が変わってしまったのではなく、王太子の友人の演技なのだとわかってくれていることを願うばかりだ。

「あ、レイ様だわ」

ソフィアは一段高い所にある椅子に腰掛けているレイモンドに目を向けた。一瞬息が止まる。レイモンドは濃い青色のフロックコートを着ていた。参加者の誰よりも美しかった。

隣にはフレデリック王子がいた。事前に聞いていた通り、国王夫妻は欠席されているようだ。

ソフィアはセグリットから手を離してレイモンドの方へと向かった。

「ソフィ！」

セグリットの制止の声は聞こえない振りをする。

二人の王子に挨拶をするために、招待客はさりげなく列を作っている。まさかずらりと並ぶわけにもいかないので、そう思って見なければわからないようにではあったが、なんとなく互いに目配せをし合って順番を作っているのだ。

しかしソフィアはそれを完全に無視して、ちょうど一組が挨拶を終えたタイミングで横からレイモンドに話しかけた。

「レイ様」

「ソフィか。よく来たな」

次に挨拶をしようとしていた伯爵夫妻は唖然《あぜん》としていた。列に加わっていた他の招待客も同様だ。

割り込まれたこともそうだが、互いに愛称で呼び合ったせいもあるだろう。学園での噂《うわさ》は知っていても、実際耳にすれば驚くだろうし、まさかこんな公《おおやけ》の場で呼ぶとは思っていなかったに違いない。

だがレイモンドが立ち上がってソフィアを受け入れてしまったので、批判の声は起きなかった。

「早く来いと言っただろう」

「支度に時間がかかってしまいました」

レイモンドはソフィアの全身を眺めて、柔らかく目を細めた。

「ああ……とても綺麗だ。よく似合っている」

「ありがとうございます」

ソフィアがぺこりと頭を下げた。演技だとわかっていても、気持ちが入っていないと知っていても、嬉しさが込み上げてきてしまう。

「レイモンド王太子殿下、妹がご無礼をいたしました。大変申し訳ございません」

話の切れ目を狙い、セグリットがソフィアの肩を抱き寄せた。少し痛かった。怒っているというよりは、焦っている様子だ。周りにも謝り倒したいんだろう、とソフィアは申し訳なく思った。

「いいや、構わない」

そう言って、レイモンドはソフィアに手を差し出した。

ソフィアはその手を凝視《ぎょうし》した。これでソフィアの役目は終わりではないのか。挨拶をするところまでしか聞いていない。何をしようとしているのだろう。

意図はわからないが、ここで拒否するわけにはいかない。男爵令嬢にそんな権限はないのだ。

それとも、拒否することで、特別な存在であることを示すのが正解なのか。

レイモンドの顔を見ると、早くしろと目が言っていた。

迷いながらも、ソフィアはレイモンドの手に手を重ねた。

するとレイモンドは素早く手を逆の手に繋ぎ替え、ソフィアの背後に回った。むき出しの肩に触れた手は、ひやりとしていた。

「レイ様……？」

半分とがめる口調でレイモンドを振り返ったが、不釣り合いに緊張した表情が返ってきて、それ以上は何も言えなかった。

レイモンドはソフィアを連れて段を下り、ホールの中央へと向かっていく。

王太子が婚約者でもない令嬢を伴っていることに、周囲がざわめき始めた。再び、あれが、あの、という言葉が聞こえてくる。

ソフィアは素知らぬ顔で、レイモンドに導かれるままに歩を進めた。

そこにいたのはダイアナだ。豪奢《ごうしゃ》なドレスを見事に着こなしている。美貌《びぼう》もまとう空気も、未来の王妃に相応《ふさわ》しい。

だが。

なん……で。

ダイアナのドレスの色は深紅だった。

自分とレイモンドはそろって青を着ているのに。

てっきり三人とも青なのだと思っていた。なぜダイアナに伝えなかったのか。なぜダイアナの方の色を選ばなかったのか。

これではまるで――

どくりどくりと心臓が嫌な音を立て始める。ソフィアは冷えてきた指先を握り込んだ。

違う。レイモンドは婚約破棄は迫らないと言っていた。きっとこれから、ソフィアとは何でもないのだと宣言するのだ。ドレスの色をそろえたのは、演出のため。

――そしてソフィアの元から離れ、ダイアナの手を取って愛の告白をする。

ずきりと胸が痛んだが、ソフィアは感情を押し殺した。何もわからない振りをして、レイモンドを不思議そうに見る。

ダイアナを見つめるレイモンドの顔は硬く、瞳が不安に揺れていた。

何を恐れることがあるだろう。ダイアナに拒絶されるとでも思っているのか。そんな心配はいらない。ダイアナは間違いなくレイモンドを想っているのだから。

一方、ダイアナの口は緩く弧を描いていた。これから何が始まるのかと期待しているようにも見える。レイモンドの愛を疑っていないのだろう。

レイモンドが両手をソフィアから離した。

そして、一歩足を踏み出す。

ああ、行ってしまう――

思わずレイモンドの腕に手を伸ばしそうになった。それをもう一方の手で押さえる。

行かないでと言えたなら。

向けられた背中が遠い。

たった一歩なのに、どうしようもない隔《へだ》たりがそこにはあった。

レイモンドがすっと息を短く吸った。

「みなに言っておきたいことがある。このわたし、レイモンド・シュルツは――」

ソフィアは息を止めた。

「――ダイアナ・ローゼとの婚約を解消する」

えぇ⁉

フロア全体に響いたレイモンドの声は、その場にいた全員を硬直させた。

もちろんソフィアもその中の一人だ。

言わないって言ってたのに……！

いつもの気まぐれだろうか。

ソフィアは驚きをそのまま顔に出し、レイモンドの背中を見つめた。レイモンドはまっすぐにダイアナを見ている。

沈黙が流れた。いつの間にか音楽までもが止まっていた。

「理由をお聞かせ願えないでしょうか」

静寂を破ったのは凛《りん》とした声。

突然婚約破棄を言い渡されたダイアナは、少しも動揺することなく堂々としていた。微笑みも消えていない。

そうだ。理由。理由がない。

言われてみれば、いくらレイモンドでも、正当な理由なく婚約を破棄することはできない。王命をもってすればできるのかもしれないが、ローゼ侯爵家との間に確執が残る。

レイモンドは……恐らく何も考えていない。

ソフィアは、レイモンドがどんな理由をひねり出すのか、とはらはらし始めた。理由如何《いかん》によっては、せっかく上向き始めたレイモンドの評判が地に落ちる。

容姿や素行ではありませんようにと願った。はっきり言ってダイアナは完璧だ。そこにケチをつけたら罰が当たる。

レイモンドの返答は、そんなソフィアの心配の斜め上を行った。

「ソフィを……愛してしまったからだ」

「は？」

思わず声が出た。

言うに事欠いてそれ？

酷い。あまりにも酷い。もうちょっとマシな言い訳があるだろう。

元々の計画でも、ここまではっきりと言う予定はなかった。婚約破棄からの婚約宣言の予定だったから、そう取られるのは自然なのだが、それでも直接的な発言はしないはずだったのだ。

レイモンドは、目を丸くしているソフィアを肩越しに一瞥《いちべつ》し、ダイアナに視線を戻した。

「わたしはソフィのことを愛している。だからダイアナと婚姻を結ぶことはできない」

「……理由は、それだけ、でしょうか？」

「そうだ」

レイモンドが力強く頷《うなず》いた。

ソフィアは頭を抱えたくなった。

王族の婚姻において、そんな理由が通用するわけがない。個人の感情よりも国の利益を取らなくてはならないのだ。

それに、これではダイアナがすがるところがない。それは嫌だとダイアナに言わせるのが目的なのだ。入り込む隙がないと思われてしまったら破綻《はたん》してしまう。

ソフィアは、涼しい顔をしているダイアナの心中を想像して泣きそうになった。こんな大勢の前で聞かされるなんてつらすぎる。

これ以上は駄目だ。レイモンドを止めなくてはならない。それが友人の役目だ。

ソフィアはレイモンドの背中に向かって叫んだ。

「何を言ってるんですか!?」

片足を引いて半身になったレイモンドに、早く撤回するようにと視線で訴える。

しかし、ソフィアの念は伝わらなかった。

それどころか、レイモンドは完全にソフィアへと向き直ると、その手を取り、その場にひざまずいた。

「今言ったように、わたしはお前が好きだ。どうかわたしと結婚してくれないだろうか」

ソフィアは悲鳴を上げそうになった。

見た目だけは麗《うるわ》しい王太子様だ。真剣な顔でこんなことをされたら、その気がなくともコロッと――いくはずはなかった。

何してんの？　馬鹿じゃないの？　馬鹿なんだよね！　知ってた！

思慮深くなってきたと思っていたが、根は変わっていなかった。

ダイアナの反応が思ったよりも薄くて、引くに引けなくなったのだろう。表に出していないだけで、ダイアナの心はもう限界のはずなのに。

ソフィアは頭をフル回転させた。どうにかしてこの場を収めなくてはならない。

「お待ち下さいませ、レイモンド様」

焦ったソフィアが何も言えないでいると、ダイアナが発言した。

「ソフィア様への求婚は、わたくしとの婚約解消が済んでからにして下さいませ。これは王家とローゼ侯爵家の間に結ばれた取り決めです。レイモンド様の独断で解消できることではございません」

正論だった。

よし！　ここで「それもそうだ」とでも言ってさらっと撤回すればいい。ダイアナが冷静に応じているから、うやむやにできるかもしれない。

しかし、レイモンドは三度《みたび》ソフィアの期待を裏切った。

「父上とローゼ侯爵の了承は取っている」

は？

「すでに侯爵から伝わっていると思っていたのだが……驚かせてしまったようだな」

「そう、ですか。陛下とお父様の間で同意を。ならば、わたくしが言うことは何もございません」

右耳から左耳へと二人の会話が抜けていく。

父上って、国王陛下のこと？　ローゼ侯爵の了承も取っている？　婚約解消の？

――んなわけあるかっ！

「嘘ですっ！」

フリーズしかけた頭をなんとか働かせる。

陛下の御言葉を謀《たばか》れば重罪だ。レイモンドだってそれなりの処罰を受ける。このままでは、ちょっとお馬鹿な王太子様の戯言《たわごと》では済まなくなる。

「ダイアナ様、諦めないで下さい」

「どういう意味でしょうか？」

「その……」

自分が言っていいものかと一瞬迷った。

ええい、四の五の言っている場合じゃない！

「ダイアナ様はレイモンド様のことがお好きなんですよね？　なら、レイモンド様を諦めないで下さい。レイモンド様も、本当は……本当は、ダイアナ様のことが好きなんです」

言いながら、ソフィアの胸は潰れそうになった。途中から声が震えた。

レイモンドはダイアナを好きなのだ。この暴挙は、その想いが行き過ぎてしまっているだけ。

全部嘘だ。婚約解消が済んでいるというのも、ソフィアのことが……好きだというのも。

ダイアナが静かに口を開いた。

「わたくしはレイモンド様のことをお慕い申し上げておりました」

「なら……！」

「ですが、それは恋愛という意味ではございません。婚約者として、未来の伴侶《はんりょ》としてです」

「そんな……」

ソフィアは自分のことのようにショックを受けた。

ダイアナ様はレイモンド様のことを好きではない？　じゃあ、レイモンド様の気持ちはどうなるの？

「レイモンド様！　これでいいんですか？　意地を張るのはやめて下さい！　ダイアナ様を失ってしまうんですよ？」

「いいも何も……わたしはソフィのことが……」

ソフィアは、ひざまずいたままのレイモンドに叫んだ。だがレイモンドはもごもごと言うだけで、ダイアナへの気持ちをはっきり口にしようとしない。

「レイモンド様、先ほどのお言葉――レイモンド様とわたくしの婚約が解消されたというのは真実なのでしょうか？」

「あ、ああ。真実だ。王太子として誓う」

まだ言うか？

王太子として誓う？　その言葉の重みを全くわかってない！

こんなお馬鹿さんを好きになってしまったことが悲しくなった。

その上ソフィアは、そのお馬鹿さんの恋を叶えるために今必死になっているのだ。一番馬鹿なのは自分だった。

「それだけお聞かせ頂けたのなら結構です。あとはお二人でどうぞ」

ダイアナはそう素《そ》っ気《け》なく言うと、くるりと会場の扉の方へと体を向けてしまった。

嘘でしょ？

待って。いかないで。え、ちょっと待って。

肝心のレイモンドは引き留めようとしない。

他の招待客も、誰一人としてダイアナを止めようとしなかった。

ダイアナは扉を守る衛兵の間を抜け、広間を出ていってしまう。

ソフィアはその背中を呆然《ぼうぜん》と見ていた。

終わった……

何もかも。

ダイアナはレイモンドに愛想を尽かして去ってしまった。

そういえば……計画が失敗したら借金を返さないといけないんだっけ、と唐突に思い出した。しかしレイモンドが自爆したようなものだから、これはソフィアの責任ではない。あとでしっかり交渉しないと……

というか結局、レイモンドとダイアナの婚約はどうなったのか。ダイアナが了承したのだから解消成立なのだろうか。でもダイアナの言う通り、これは王家とローゼ家の問題で、当事者同士で決められることではなくて、両家の了承を得たというレイモンドの言葉は嘘だから、やっぱり婚約は有効なのだろうか。

ぐるぐると考えていると、レイモンドがソフィアを呼んだ。

「ソフィ」

「はい？」

レイモンドはまだひざまずいている。

「って、いつまでそうしてるんですか！　早く立ってくだ――」

ソフィアの声は尻すぼみになった。

なぜなら突然、国王が入場してきたからだ。

その場にいた全員が慌てて最上級の礼をした。

「パーティ中ではなかったのか。何があった」

音楽が鳴っておらず、誰一人として踊っていない状況に、様子を見に来ただけの国王は驚きの声を上げた。

近くにいた老齢の出席者の一人が素早く寄り、国王へと耳打ちをする。

事情を聞いた国王は、やれやれ、というように首を振った。

「レイモンド」

「はい」

レイモンドが立ち上がった。

「ソフィア・アーシュ」

「はい」

呼ばれるだろうと覚悟していたソフィアは、国王直々の御言葉に、なんとか震えずに答えた。

「二人とも来なさい。みなにはレイモンドが迷惑をかけた。パーティを楽しんでくれ」

そう言って、国王は広間を出ていった。

ソフィアはついていくしかない。レイモンドと共に国王を追った。

三人は舞踏室の側の控室の一つに入る。

国王がソファに腰掛けると、レイモンドは全く頓着《とんちゃく》せずに――実の父親なのだから当然なのだが――その向かいに座り、ぽんぽんとその横を叩いた。

「ソフィ」

入室したところで立ち止まっていたソフィアは躊躇《ためら》った。そんなに気軽に座っていいものなのか。

「座りなさい」

「失礼いたします」

国王に言われ、ようやくソフィアは動いた。

ソファまで進み出て、スカートの裾《すそ》を丁寧にさばき、静かに腰を下ろす。友人であれば「ぼすん」と勢いよく座るところだが、まさか国王陛下の前でそんな真似《まね》はできない。

国王は意外そうな顔を見せたあと、レイモンドに視線を向けた。

「レイ、何の真似《まね》だ」

「申し訳ありません……」

レイモンドがうなだれる。

「全く……夜会でこんなことをやらかすとは。少しは成長したかと思えば……」

国王は額《ひたい》に手を当ててため息をついた。

「ダイアナとの婚約解消を早く発表したく……」

ごにょごにょと言い訳をするレイモンドを、国王が呆れた目で見る。

そして、ソフィアに顔を向けた。

「ソフィア嬢」

「は、はいっ」

思わずぴしりと背筋を伸ばした。

「こんな息子だが、真剣に考えてやってくれないだろうか」

真剣に？　何を？

ソフィアの頭の中を、疑問符が踊った。

「レイの性根《しょうね》を叩き直してくれたことには感謝している。この一年でずいぶんまともになった。わたしが甘やかしすぎたのか……フレディはまともに育ってくれたんだが」

「父上」

「おっとすまん。ソフィア嬢、無理《むり》強《じ》いはしないが、そなたにならレイを任せてもいいと思っている。どうだろうか」

どうだろうか、って何が？

ソフィアの疑問はそのまま口から出た。

「何のお話でございますか？」

「レイ……」

国王が気の毒そうな顔をレイモンドに向けた。

「全く伝わっていないようだぞ。こんなに信用されていないとは、一体何をしたんだ」

レイモンドは目を逸《そ》らした。

国王が再びため息をつく。

「ソフィア嬢、レイはそなたに求婚したのだが、理解しているだろうか」

「それは誤解にございます。レイモンド殿下はダイアナ様を想っていらっしゃるのですから」

「ふむ……」

国王が眉をひそめ、ソフィアは慌てた。何か失礼なことを言っただろうか。

「レイとダイアナとの婚約は解消された。当事者同士が希望した結果だ。ダイアナにはまだ伝わっていなかったようだが、意向は確認済みだ」

「当事者同士、の……」

当事者というのは、考えるまでもなくレイモンド様とダイアナ様なわけで……あ、だから破棄じゃなくて解消だったの？

ダイアナ様はレイモンド様との婚約継続を望んでいなかった？　レイモンド様のことが好きじゃなかったってこと？

それで、レイモンド様も婚約解消を望んでいたわけで……？

「えぇ!?」

ソフィアは驚きの悲鳴を上げた。国王陛下の御前《ごぜん》であることはすっかり頭の中から飛んだ。

ぐるんとレイモンドの方へと顔を向けた。

「どういうことですか？　だってレイモンド様はダイアナ様のことが好きで、それで、それで……」

言葉が尻すぼみになっていく。

レイモンドはダイアナを好きではなかった。なら、さっきのレイモンドの行動は何だったのだろう。解消の理由は、ソフィアを愛……愛……

ぼんっと顔が赤くなるのがわかった。

いやいや、そんなわけ……そんなわけ……

「ようやく伝わったようだな。あとは二人で話し合いなさい。重ねて言うが、ソフィア嬢、どうか真剣に考えてやってくれ」

ソフィアが混乱しているうちに、国王は部屋を出ていってしまった。

「ソフィ」

「ひゃいっ」

レイモンドに呼ばれてソフィアはソファから飛び上がった。さっと壁まで下がる。

それを追ってレイモンドは壁に手をついた。両腕の間に閉じ込められる。

「なぜ逃げる」

「れっ、レイモンド様が変なことを言いそうだからです！」

「変なことではない」

「変なことですっ」

いつもの言い争いと同じはずなのに、レイモンドの様子が変だ。

「ソフィ」

レイモンドが聞いたこともないような甘い声を出した。

「愛している」

「ご、ご冗談を」

ソフィアの声は裏返っていた。

「冗談でこのようなことは言わない」

「そんなわけっ！」

「本当だ」

「なら、いつからだって言うんですか？」

「さあ。……恐らく、乗馬に行った時にはすでに」

「信じられません！」

ソフィアは誘拐された時のことを思い出した。

「だ、だって、さらわれた私を助けに来てくれた時、レイモンド様はダイアナ様を大事そうに抱えていて、私のことなんて見向きもしませんでした」

「あれは……ダイアナが共謀している可能性も否定しきれず……黒幕を刺激しないようにするためであって、決してお前を案じていなかったわけでは……」

視線を彷徨《さまよ》わせてしどろもどろに弁解したあと、ソフィアを正面から見た。

「お前がさらわれたと聞いて、胸が潰れそうになった。ナイフを突きつけられているのを見た時には心臓が止まったかと思ったぞ。あんなに怒りが湧いたのは生まれて初めてだ。危うくあいつらを斬り殺しそうになった」

レイモンドが苦しそうに顔をゆがめた。

その表情に、ソフィアの胸がきゅっと痛くなる。

「信じてくれるか？」

ソフィアは首を横に振った。

「レイモンド様はダイアナ様を好きだったんですよね？　だからあんな計画を……」

レイモンドは手を壁から離し、額《ひたい》に当てた。俯《うつむ》いてふーっと息を吐く。

「ダイアナのことは何とも思っていなかった。いつも淡々としているのが面白くなかっただけだ。今は浅はかだったと反省している」

唖然《あぜん》とした。好きでもないのにあんな計画を立てたのか。ソフィアはあんなに悩んだのに。

「私が計画を止《や》めませんかと言った時、レイモンド様は駄目だと言いました。ダイアナ様じゃなくて私を好きっ……好きだったなら、なんで……！」

そうだ。あの時レイモンドは、領民を人質にして、王太子との約束を破るのかと言って、家族のことまで持ち出した。

「計画を中止したら、今まで通りにはいられないと思った。そうだろう？」

「そりゃあ……友人役が終わったら、私がいる意味はないですし……」

レイモンドがまた顔をゆがめた。

「悪かったと思っている。ディルから聞いて説得する言葉は用意していたのだが……直接言われて動転し、あんなことを言ってしまった」

「どうしてレイモンド様が、そんな、私なんかを？」

「確かにソフィはちんちくりんだし、身分も低いし、ずけずけと物を言うし――」

「ちょっと、レイモンド様？」

今私、告白されてるんじゃないの？　なんで悪口？

「――だが愛している」

真剣な目で見つめられて、ソフィアの息が止まった。

「わたしもなんでこのような娘をと思うが、好きなものは仕方がない。ソフィが笑うと満たされるし、何でもしてやりたくなる。口づけをしたいし、触りたい」

「さわ……っ!?」

「当然だろう」

レイモンドがソフィアの顔に手を添える。

「今までのわたしの行いが悪いのはわかっている。出会いから間違えていた。ソフィが信じられないと言うのもよくわかる。しかし、どうかわかってくれないか。本気なのだ」

レイモンドが眉根を寄せて懇願《こんがん》するように言った。

ここまで言うのなら、本当なのかもしれない――

だが、なんで自分が、という思いがぬぐいきれない。

「どうしたら信じてくれる？」

「三回まわってわんって言ったら信じます」

思わずそう言っていた。

そして我ながら名案だと思った。

するわけがないのだ。プライドの高いレイモンドは絶対に嫌だと答えるだろう。

「そんなことでいいのか」

「え、ちょっ――」

レイモンドは事も無げに頷《うなず》くと、ソフィアが止める前に、一歩下がった。

そして、三回きっちり回り、「わん」と言った。ご丁寧に両手で前足の真似《まね》までして。

「これでいいか？」

このくらい簡単だ、とドヤ顔をする。

ソフィアは目を丸くした。あのレイモンドがこんなことをするなんて。正直、好きだと言われた時よりも驚いた。

「言っただろう、愛していると。お前のためなら何でもできる」

その言葉が、ソフィアの頭にじわじわと染み込んでいった。

レイモンド様は本当に私のことが好きなんだ……

喜びと共に恥ずかしさが込み上げてきて、ソフィアは再び真っ赤になった。

それを見たレイモンドが嬉しそうに口元を緩める。

「ソフィもわたしのことが好きだろう？」

「な、なんで！」

そんなこと一言も言っていないのに……！

「わたしを好きにならないわけがない」

好きになったけど！　なったけどっ!?

「ちょっと自信過剰すぎませんか？」

「わたしを誰だと思っている？　この国の王太子だぞ？」

ふふん、とレイモンドが偉そうに言う。

「そ、そんなの、ただの肩書きじゃないですか。中身が伴っていなくちゃ意味ないですっ」

苦し紛《まぎ》れに言った途端、レイモンドが傷ついたような顔をした。

「……それは、否定できない」

「あ、私、そんなつもりじゃ……」

「いや、いい。お前の言う通りなのだ。わたしは自分の身分に胡坐《あぐら》をかいて何もしてこなかった。

ソフィの言葉で目が覚めた。父上がおっしゃった通り、わたしを変えたのはソフィだ。ソフィがいれば、これからも変わっていける。まだまだ至らないわたしだが、側にいてくれないだろうか」

「私じゃ釣り合いません。男爵の娘なんですよ？」

「それこそ肩書きだろう」

「そう、ですけど……」

「安心しろ」

レイモンドがソフィアの手を取り、口元に持っていく。

「誰にも文句は言わせない。それだけの力をつける。わたしは優秀だからな。貴族たちを掌握《しょうあく》するなど容易《たやす》い」

「自分で優秀とか言います？」

「事実だ」

それはソフィアも知っている。知っているし、レイモンドならできてしまうだろうという予感もあった。

「王妃になる覚悟もできているな？」

「王妃？」

「そりゃそうだろう。わたしの妻になるのだから」

「無理無理無理！　無理です、そんなの！　私が王妃なんてっ！」

「そうか……残念だ……」

ソフィアが思わず叫ぶと、レイモンドは目を伏せた。つかんでいたソフィアの手を放す。

ずきりと胸が痛んだ。

嫌だ。離れていかないで。

無意識に手を伸ばした。

顔を上げたレイモンドが、にやりと笑う。

「だが、わたしはお前を逃がす気はない」

レイモンドはもう一度ソフィアの顔の両側に手をついて、ソフィアの耳に口を近づけた。

「好きだ。愛している」

「っ！」

耳朶《じだ》を打ったそのささやきが、甘い痺《しび》れとなってソフィアの背筋を走った。

かと思うと、唇に何かが押し付けられた。

眼前にレイモンドの閉じられたまぶたが見えたのは一瞬のこと。

キスされた？

「なっ、なっ、な……っ！」

ソフィアは顔を赤くしてわなわなと震えた。

「わたしは我慢を強《し》いられることに慣れていない」

しれっとレイモンドは宣った。

「勝手に何するんですかっ！　最低っ、さいて――んぐっ」

胸を押しやって抗議するソフィアの口を塞《ふさ》ぐように、レイモンドが再び口を合わせてきた。

「んっ、んんっ」

何度も何度も口づけたあと、ようやくソフィアは解放された。

「ソフィもわたしを好きなのだから、遠慮はいらないだろう？」

「すっ、好きだなんてっ、言ってませんっ！」

「だが好きだろう？　わたしのことが」

レイモンドはドヤ顔をした。

ソフィアの気持ちを微塵《みじん》も疑っていない。自分の魅力に絶対の自信を持っているのだ。

これこそがレイモンドだ。そしてソフィアは、そんなレイモンドが好きだった。

「ああっ、もう！」

ソフィアは叫んだ。

もうヤケクソだ。

「そうですよっ！　好きですっ！　私もレイモンド様のことが好きですっ！」

身分差だとか、自分が王妃になる是非だとか、覚悟だとか、そういうのをいったん全部忘れてしまえば、自分がレイモンドのことを好きなのは確かだ。

「なら、求婚を受けてくれるな？」

「いいですよ！　わかりました！　受けます！」

完全に勢い任せの承諾だった。売り言葉に買い言葉だ。

だがそうでもなければ、こんなとんでもないこと、承諾できるわけもなかった。

その途端、レイモンドがぱっと目の前から消えた——と思ったら、その場にしゃがみ込んでいた。

俯《うつむ》いたレイモンドの口から、はぁぁぁぁぁ……と長いため息が聞こえてくる。

「え、ちょ、どうしたんです？」

慌ててソフィアも屈んだ。

「断られるかと思った」

「え？」

レイモンドが両手で顔を覆《おお》った。

「絶対に断られると思っていた。まさか受けてもらえるとは。あー……」

「さっきまで自信たっぷりだったじゃないですか。公開プロポーズどころか、勝手にキスまでしといてそれ言います？」

「自信などあるわけないだろう？　わたしのどこにソフィに好かれる要素があるのだ！」

くわっと目を見開いて逆ギレしたように言ったあと、レイモンドはまた顔を隠してしまった。

ええー……

「まだ手が震えている……ああ、良かった……本当に……」

本当に震えている両手を見ながら出てきた弱々しい声に、ソフィアは笑ってしまった。

「ふふっ」

「情けないだろう」

顔を上げたレイモンドは、涙目になっていた。

「そうですね。情けないですね。でも私は、今までレイモンド様の情けないところ、たくさん見てきましたから」

「過去のわたしを全て消し去ってしまいたい……」

「でも変わったじゃないですか」

「ソフィのお陰だ」

「そう、ですかね？」

「そうだ。……こんなに情けなくとも、わたしのことを好きでいてくれるか？」

眉が下がり、瞳を不安に揺らしている様子は、いつもの自信満々のレイモンドからは考えられない。

でも、そんなレイモンドも好きだ。

「はい。私はレイ様が好きです」

「その言い方はやめてくれ。トラウマなのだ」

「トラウマ？」

「以前お前に全く同じ言葉を言われた。奇跡が起きたと喜んだ途端、友人としての演技だと悟って絶望した。あんな思いは二度としたくない」

そこまで言って、レイモンドははっと目を見開いた。

「……まさか、今のも演技なのか？」

今にも泣きそうな顔だ。

「違いますよ。演技じゃありません。ちゃんと好きです」

「本当か？」

レイモンドが縋《すが》りつくように言った。

ああ、ほんと情けない。

だけど、こんな姿を見せてくれることが、たまらなく嬉しい。

ソフィアはふふっと顔を綻《ほころ》ばせてから、レイモンドの口にちゅっとキスをした。

「本当です」

レイモンドの顔が真っ赤になった。

閑話　ダイアナ

わたくし、ダイアナ・ローゼは、侯爵家の娘です。

五歳で第一王子であるレイモンド様の婚約者になり、将来の王妃に内定しました。

それまで一度もお会いしたことがなかったので、候補者の中からどのようにわたくしが選ばれたのかはわかりません。恐らく高度な政治的駆け引きがあり、お父様が勝者となったのでしょう。

王宮のお茶会に招待して頂き、初めてレイモンド様にお会いした時のことです。

わたくしの体に雷に打たれたような衝撃が走りました。そして、知らない記憶がどっと溢《あふ》れてきました。ここととは違う世界。違う家族。もう一人のわたくし。

記憶の奔流《ほんりゅう》に耐えられなかったわたくしはその場で昏倒《こんとう》し、目が覚めた時には前世でプレイした乙女ゲームの世界に転生したことを知りました。

わたくしが、乙女ゲームの中の悪役令嬢――すなわち、ヒロインの恋の邪魔をして最後に婚約破棄を突きつけられる役だということも。

なんてことかしら……！

わたくしは途方に暮れました。

ゲームの最後、わたくしはヒロインへ行った数々の仕打ちから、婚約破棄を言い渡されたあとに処罰を受け、貴族の身分を剥奪《はくだつ》されてしまうのです。

ならば、平民となっても自活できるよう、今から対策をとっておかねばなりません。

幸いわたくしの前世は一般庶民でしたので、この世界の庶民の生活について学んでおけば、貴族でなくなってもどうにかなると考えました。

もちろん、処罰を受けないのが最善ですから、ヒロインであるソフィア様には決してひどいことをしないと誓いましたわ。

レイモンド様はヒロインを愛するようになるわけですが、幸いにして、わたくしはまだレイモンド様を一目見たばかり。精神年齢的にも、五歳のレイモンド様に恋に落ちるはずもなく。

どうせ結末は決まっているのだからと、わたくしはレイモンド様と仲を深めるのを諦めることにいたしました。

一方で、王妃教育はきちんと受けました。

王妃にはならないことがわかっていようとも、課されたものを投げ出すわけにはいきません。わたくしの評価が悪ければ、それはそのままローゼ家の評判となって返ってくるのです。

五歳にして貴族の誇りを身につけていたわたくしは、前世の記憶という武器も存分に使い、完璧な次期王妃候補であり続けました。

レイモンド様は折々に贈り物を下さいましたし、お時間のある時にお茶をご一緒することも少なくありませんでしたが、それらは全て婚約者への義理として行われているようでした。もちろんわたしくの方もそれなりの対応しかしておりませんでしたので、おあいこですわね。

月日がたつにつれ、レイモンド様の評判は落ちていきました。幼い頃から周囲に甘やかされていらっしゃいましたが、悪い友人を得て悪化したようです。気位が高く、気難しく、気分屋で、気配りのできない方に成長してしまわれましたわ。

こうなると、なおさら婚約破棄が待ち遠しくなります。今後レイモンド様の面倒——あら失礼、補佐を務めるのは骨が折れることでしょう。ヒロインが代わって下さるのであれば喜んでお譲りいたしますわ。

学園にレイモンド様と入学し、最終学年になった日、ついに物語は動き始めました。

ヒロインであるソフィア様が入学してきたのです。

入学初日、彼女は学園の敷地内に足を踏み入れたあと、物珍しそうに忙《せわ》しなく視線を動かしながら校舎へと向かっていました。

わたくしは、不審な行動にざわめく他の令嬢方の陰で、じっとソフィア様を見つめていました。

彼女は噴水の方へとふらふらと近づいていき、噴水の脇にいらっしゃったレイモンド様にぶつかりました。衝撃で噴水の方へと倒れそうになる彼女をレイモンド様が支えようとなさいましたが、お二人とも噴水へと落ちてしまいます。

まさにゲームの通りの出会いのシナリオでした。

その後、ソフィア様とレイモンド様は、順調に親交を深めていきました。

側近のユーディル様を交えたお三方だけのお茶会に始まり、ソフィア様はレイモンド様が開くようになった他の殿方とのお茶会にも招かれるようになりました。

ソフィア様がレイモンド様に刺繍《ししゅう》をプレゼントするイベントを起こすため、ソフィア様をシナリオ通りに刺繍《ししゅう》の会にお誘いした時は、あまりの天然ぶりに呆気にとられてしまいました。現実の臨場感は、ゲームとは比べものになりませんでした。

他の殿方と親しくなられていたことがご令嬢方のやっかみを買っていたのですけれど、刺繍《ししゅう》の会でレイモンド様との仲を誇示《こじ》したことが最後の一押しとなり、ソフィア様は嫌がらせを受けるようになりました。

ゲームでは悪役令嬢が先頭に立っていましたが、もちろんわたくしは関わっておりません。窮地《きゅうち》に立たされたソフィア様は、殿方を味方につけることで脱しました。攻略対象全員を篭絡《ろうらく》した手腕は見事です。さすがヒロインだと思いましたわ。

もしかすると、わたくし同様にゲーム知識を持った転生者なのかもしれませんわね。どうでもいいですけれど。

お二人で乗馬に行かれるイベントも無事にこなされました。

学園のパーティにおいて、ソフィア様はレイモンド様がお贈りになったドレスを着て、レイモンド様と最初にダンスをなさいました。それも二回も。

わたくしは、シナリオ通り、ソフィア様に平手打ちをお見舞いいたしました。

元よりわかっていたことのはずでしたが、我がローゼ家を蔑《ないがし》ろにする行いに想定以上に腹が立ち、思わず涙を流してしまったのは、令嬢として恥ずべきことですわね。

その翌日の誘拐事件。これは非常に重要なイベントでした。

さらわれたソフィア様をレイモンド様が救出し、お二人はそれぞれ、ご自分の気持ちに気がつくのです。このイベントがなければ、ハッピーエンドには至れません。

ゲームでは、ヒロインを亡き者にしようとして悪役令嬢が画策します。自身も共に誘拐されることで捜査の目を誤魔化そうとするも、悪事は発覚し、その罪で最後に断罪されることになります。

ですが、当然わたくしは誘拐などいたしません。

その状態で事件が起こるかは少々疑問でしたが、ゲーム通りにソフィア様を連れ出すと、無事イベントは発生いたしました。

わたくしが共にさらわれたのと、救出に来たレイモンド様がソフィア様ではなくわたくしを抱えたのには驚きました。さすがのわたくしも少し——ええ、ほんの少しです——恐怖を感じてしまい、そのような誤差には気がつく余裕がなかったのですけれど。

事件が起こるとわかっていましたから、犯人を突き止めるため、人を張らせておきました。

結果的には、リカルド・ブルデンが迂闊《うかつ》にも実行犯と直接接触し、その現場にレイモンド様が駆けつける展開により、わたくしに疑いの目が向けられることはありませんでした。

その後、お二人は「レイ様」「ソフィ」と呼ぶ仲まで発展し、ハッピーエンドが確定しました。

というわけで、今まさに、王宮のダンスパーティにて、レイモンド様がわたくしに婚約破棄を突きつけようとしておりました。

国王陛下と妃殿下はご出席されておらず、この場の最高権力者はレイモンド様ということになります。誰にも邪魔されることのない、絶好の機会ですわね。

わたくしの正面に立ちソフィア様の肩を抱いていたレイモンド様は、一歩前にお出になると、静かに息をお吸いになりました。わたくしの手にわずかに力がこもります。

「レイモンド・シュルツは、ダイアナ・ローゼとの婚約を解消する」

予想通りの展開だったので、わたくしは全く動揺することなく堂々としていられました。

「理由をお聞かせ願えないでしょうか」

いくらレイモンド様とはいえ、理由なくわたくしとの婚約を破棄できるわけがありません。

それとも、他の方々がソフィア様に行ったことをわたくしの仕業ということにするのでしょうか。

当然のことながらそれも対策済みです。身の潔白を証明する用意はできていますので、心配はありません。

あとは、濡《ぬ》れ衣を着せられて一方的に婚約破棄を突きつけられたことを盾に、こちらから解消を持ち掛けるだけです。

すでにお父様の了承は得ています。

学園でのパーティのあと、レイモンド様と結婚したくないと涙ながらに訴えたところ、レイモンド様のあまりの評判の悪さから婚約を結んだことを後悔なさっていたお父様は、レイモンド様に非があれば解消しても良いとおっしゃって下さったのです。国王陛下の説得もして下さることになっています。

さて、どんな理由をおっしゃるのでしょうか。

わたくしはレイモンド様のお言葉を半《なか》ば楽しみに待ちました。

しかし、レイモンド様は、わたくしの予想の斜め上を行きました。

「ソフィを……愛してしまったからだ」

「は？」

わたくしは思わず漏《も》れそうになった間抜けな声を、なんとか呑《の》み込みました。

代わりに声を発したのはソフィア様でした。ソフィア様は口をあんぐりと開けたまま、一瞬だけ振り向いたレイモンド様の背中を見ていました。

「わたしはソフィのことを愛している。だからダイアナと婚姻を結ぶことはできない」

「……理由は、それだけ、でしょうか？」

「そうだ」

ささやくように言ったわたくしの問いを、レイモンド様は肯定いたしました。

だから先ほどレイモンド様は破棄ではなく解消とおっしゃったのですわね。

……などと納得している場合ではございませんわ。

わたくしは頭を抱えたくなりました。

他の方を愛してしまったから婚約を解消するですって？

王族の婚姻において、そのような理由がまかり通るとでも思っていらっしゃるのでしょうか。

レイモンド様はわたくしの想像以上に馬鹿――失礼、想像力の欠如《けつじょ》された方のようです。最近は幾分かマシになられたと思っておりましたのに。

「何を言ってるんですか⁉」

ようやく金縛りが解けたらしく、突然ソフィア様が叫びました。レイモンド様に対して無礼も甚《はなは》だしい物言いですが、今日に限ったことではありません。

レイモンド様は、ソフィア様の手を取り、その場にひざまずきました。

「今言ったように、わたしはお前が好きだ。どうかわたしと結婚してくれないだろうか」

わたくしは内心ため息をつきました。わたくしとの婚約解消もできていないのに、この方は何をおっしゃっているのでしょうか。

「お待ち下さいませ、レイモンド様」

ソフィア様が口を開く前に、わたくしは口を挟みました。王族の言葉に割り込むなど不敬ではありますが、このままソフィア様が承諾してしまうような茶番は御免です。

「ソフィア様への求婚は、わたくしとの婚約解消が済んでからにして下さいませ。これは王家とローゼ侯爵家の間に結ばれた取り決めです。レイモンド様の独断で解消できることではございません」

「父上とローゼ侯爵の了承は取っている」

「は？」

今度ばかりはわたくしも間抜けな声を出してしまいました。それだけ衝撃的だったのです。

陛下とお父様の了承を取っている？　わたくしとレイモンド様の婚約解消について？

「すでに侯爵から伝わっていると思っていたのだが……驚かせてしまったようだな」

レイモンド様が眉を下げました。

このような相手を慮《おもんぱか》るような表情ができるようになられたのね、などと関係のないことを考えてしまうほどに、わたくしは驚いていました。

どきどきとうるさい心臓の音を抑えるように大きく深呼吸をします。

「そう、ですか。陛下とお父様の間で同意を。ならば、わたくしが言うことは何もございません」

口がカラカラに乾いていました。

誓って申し上げますが、これは想定外の出来事に驚いていただけで、決してレイモンド様と婚約解消したことがショックだったわけではございません。

そこに叫び声が上がります。

「嘘ですっ！」

ソフィア様がわたくしに向かって放った言葉でした。

「ダイアナ様、諦めないで下さい」

諦める？　何を？

「どういう意味でしょうか？」

「その……」

ソフィア様の目が泳ぎました。その後、決心したように、ぐっと両手を握りしめます。

「ダイアナ様はレイモンド様のことがお好きなんですよね？　なら、レイモンド様を諦めないで下さい。レイモンド様も、本当は……本当は、ダイアナ様のことが好きなんです」

わたくしがレイモンド様を見ると、レイモンド様は驚いた顔で大きく首を横に振りました。嘘をついている様子には見えません。

わたくしはもう一度深呼吸をしました。

「わたくしはレイモンド様のことをお慕い申し上げておりました」

「なら……！」

「ですが、それは恋愛という意味ではございません。婚約者として、未来の伴侶《はんりょ》としてです」

「そんな……」

わたくしが断言すると、ソフィア様は絶望したような顔をしました。

なぜソフィア様がそれほどまでにショックを受けるのでしょうか。ソフィア様はレイモンド様がお好きではないの？

「レイモンド様！　これでいいんですか？　意地を張るのはやめて下さい！　ダイアナ様を失ってしまうんですよ？」

「いいも何も……わたしはソフィのことが……」

ソフィア様がレイモンド様に食ってかかると、レイモンド様はうろたえました。

レイモンド様の言葉が真実であるならば、告白した相手に、本当は他の女性が好きなのだと白状しろ、と詰《つ》め寄られていることになります。

「レイモンド様、先ほどのお言葉――レイモンド様とわたくしの婚約が解消されたというのは真実なのでしょうか？」

「あ、ああ。真実だ。王太子として誓う」

信じられない、という顔でソフィア様がレイモンド様を見ました。

レイモンド様がそこまでおっしゃるのなら、婚約は本当に解消されているのでしょう。王家の側からお父様に打診があって、お父様が了承なさったというわけですわね。

全く……そんなに大事なことは早くおっしゃって下さらないと。帰ったらお父様に文句を言わなければなりません。そういえば、婚約の時もしばらく黙っていて、お母様に叱られていましたね。

「それだけお聞かせ頂けたのなら結構です。あとはお二人でどうぞ」

これ以上二人の問題に付き合ってはいられません。誤解を解いて、ふられるなりまとまるなり好きになさればよろしいのです。

わたくしは今日はもう帰宅した方が良いと考え、しんと静まり返っていた会場をあとにいたしました。

後日うかがった話によると、その後すぐに国王陛下がいらっしゃり、レイモンド様とソフィア様を別室に連れて行かれたそうです。そこで改めてお二人の話し合いがなされ、上手くまとまったのだとか。

自由奔放《ほんぽう》なソフィア様が王妃になるのは少々どころかひどく不安ではありますが、聡明な陛下のこと、お二人が国を率《ひき》いるに足りぬと判断されれば、第二王子のフレデリック様を王太子に指名し直すこともお考えになるでしょう。

経緯はともあれ、悪役令嬢であるわたくしはゲームのシナリオ通り、王太子の婚約者という椅子をヒロインに明け渡すことに成功いたしました。

破棄ではなくレイモンド様の身勝手による解消でしたから、名に傷がつくことはありませんでしたし、処罰もなかったため身分はそのままです。

わたくしにとっては最高の結果となったのでした。

レイモンド様との婚約解消を機に、お父様の所にはたくさんの縁談が舞い込んでいるようです。

さて、わたくしの未来の旦那様は、どのような方になるのでしょうか。

エピローグ

「あー、もうやだ。婚約なんてしなきゃ良かった」

王宮内のサロンの一室で、ソフィアはだらしなく背もたれにもたれ、両腕をだらりと脱力させた。

王太子の婚約者という肩書きがつらすぎるのだ。

人払いをしていて、今ここにはいつもの三人しかいない。

「お疲れ様です」

「わたしを好きになったのだから仕方ないな」

ユーディルが労《いたわ》りの言葉をくれ、レイモンドは、ふん、と偉そうに言った。

「王妃教育は順調だと聞きましたが」

「去年一年間、ひたすら教本を読む毎日でしたからね。誰かさんのせいで」

「それで今楽ができているのなら良かったではないか」

「だから楽なんかじゃないんですってば。無邪気な振りをするのも大変でしたけど、それよりもしんどいなんて……。あー、やめたい」

学園にいた時も、眠る時とレイモンドとのお茶会以外は気を張っていたが、今では三百六十度どこから誰に見られているかわからない状態だ。一瞬たりとも気は抜けない。

「学園にいる間は楽にしていられるだろう」

「何言ってるんですか。そこが一番大変なんですよ」

突然演技をやめたら何事かと思われる。だからソフィアは、王妃教育を受けるに従って徐々に礼儀作法を身につけていった、という演技を絶賛実行中なのだ。

社交界ではレイモンドの友人は噂《うわさ》でしか知られていないが、生徒たちは実際に一年間見てきたのである。演じる側の苦労は推して知るべし。

「あー……本当にやめたい。今から婚約解消したら駄目ですかね？」

「当たり前だろう」

何を馬鹿なことを、といった調子でレイモンドが一蹴《いっしゅう》した。

「ですよねー」

王家とアーシュ男爵が話し合って正式に婚約を結び、すでに発表もしてしまっているのだから、ほいほいと解消できるはずもない。

婚姻を結ぶにあたり、王太子の婚約者の実家を潰すわけにはいかないので、借金は無事肩代わりされた。その上、レイモンドの外交手腕により逃げた詐欺《さぎ》師は隣国で捕縛、騙《だま》し取られた金の大半を取り返せた。

これでアーシュ家の資産は倍増し、貧乏男爵家の名を返上することとなった。もっとも、アーシュ男爵は、これで二毛作の普及に奨励金を出せる、と喜んでいたから、元の清貧生活に戻るのはすぐかもしれない。

と、そこにコンコンとノックの音がした。

途端、ソフィアは体を起こし、ぴしりと背筋を伸ばした。脇に置いていた紅茶のカップを取って口をつける。

ユーディルが立ち上がって扉をわずかに開ける。

外にいた者は、ユーディルに耳打ちをしながら、ちらりとソフィアに視線を寄越した。ソフィアは優雅に微笑みを返した。

「殿下、ブルデン侯爵家から決定的な証拠が出ました」

一度ぱたりと扉を閉めたあと、ユーディルが振り向いて言った。

「そうか」

にやり、とレイモンドが笑う。

証拠というのは、ソフィアとダイアナを誘拐した件のものではない。それは実行犯たちが自白したことで、早々にリカルド・ブルデンの罪と断定された。

ブルデン侯爵は独断だったとして即座に息子を切り捨て、それで事件は終わるかに見えたのだが、ソフィアがあの日のリカルドの発言を報告したことで、レイモンドがさらなる調査を命じた。

誘拐事件を口実に叩いてみれば、色々と悪事を働いていた疑惑が浮上した。同様の手口で子女を人質に誓約書を書かせるなどかわいいもので、罪の押し付けや捏造《ねつぞう》など、政敵を潰したり自らの陣営に取り込もうとしたりした形跡が多数見てとれた。

共謀者を尋問し、ブルデン侯爵が一連の悪事によって王家の乗っ取りを画策しているとわかったのが先日。

そして今、ついにその証拠が見つかった。

この件を上手く処理できれば、レイモンドの名声は高まるだろう。そして、証言をしたソフィアにも国王から報奨が出る。

レイモンドはその功績と報奨をもって、ソフィアの王太子の婚約者としての立場を少しでも固めようとしていた。

「殿下、ソフィア嬢、私は処理があるので戻ります。殿下もお早くお戻り下さい」

「わかった。これを飲んだら戻る」

レイモンドの返事を聞き、ユーディルはサロンを出ていった。

扉が閉まったのを見届けると、がたりとレイモンドが椅子から立ち上がった。

ソフィアの元にひざまずき、その手を取る。

「婚約解消したいというのは本心なのか？　わたしが嫌になったのか？」

レイモンドは今にも泣きそうだ。

さっきまでの偉そうな態度はどこかへ行ってしまっていた。

「冗談に決まってるじゃないですか。じゃなきゃとっくに全部投げ出して実家に帰ってますって」

「そうか……」

「レイ様は普段は自信満々なのに、これだけは本当に弱気ですね」

「他のことならば何でもできると自負している。だがソフィのことだけは、不安で仕方がない。わたしばかりが想っているのではないかと」

「そんなことありませんよ」

ソフィアはくすくすと笑いながら、レイモンドの頭に手を伸ばした。つやつやと輝く髪をすく。

レイモンドは気持ちよさそうに目を細めたあと、不安そうにソフィアを見上げた。

「その証が欲しい」

「どうぞ」

ソフィアは立ち上がって軽くあごを上げた。

レイモンドも立ち上がり、ソフィアの顔に手を添えた。

ソフィアが目を閉じる。

一度目は、触れるか触れないかの口づけ。

そして、二度、三度、ソフィアの反応を確かめるように続ける。

最初は勝手にキスしたくせに――

レイモンドの不安を解消するために、目を開けたソフィアはレイモンドの首に腕を回した。

「好きです」

ソフィアがレイモンドの目をしっかりと見つめて言うと、レイモンドはほっと息をついて、とろけるような笑みを浮かべた。

「愛している」

二人は深く口づけを交わした。

この作品に対する皆様のご意見・ご感想をお待ちしております。

おハガキ・お手紙は以下の宛先にお送りください。

【宛先】

〒150-6008 東京都渋谷区恵比寿4-20-3 恵比寿ｶﾞｰﾃﾞﾝﾌﾟﾚｲｽﾀﾜｰ 8F
（株）アルファポリス　書籍感想係

メールフォームでのご意見・ご感想は右のＱＲコードから、
あるいは以下のワードで検索をかけてください。

アルファポリス　書籍の感想　検索

ご感想はこちらから

本書は、Web サイト「アルファポリス」（https://www.alphapolis.co.jp/）に掲載されていたものを、改稿のうえ、書籍化したものです。

男爵令嬢《だんしゃくれいじょう》は王太《おうたい》子《し》様《さま》と結《むす》ばれたい（演技《えんぎ》）
藤浪保（ふじなみたもつ）

2023年 5月 5日初版発行

編集－反田理美
編集長－倉持真理
発行者－梶本雄介
発行所－株式会社アルファポリス
〒150-6008 東京都渋谷区恵比寿4-20-3 恵比寿ｶﾞｰﾃﾞﾝﾌﾟﾚｲｽﾀﾜｰ8F
TEL 03-6277-1601（営業） 03-6277-1602（編集）
URL https://www.alphapolis.co.jp/
発売元－株式会社星雲社（共同出版社・流通責任出版社）
〒112-0005 東京都文京区水道1-3-30
TEL 03-3868-3275
装丁・本文イラスト－天城望
装丁デザイン－AFTERGLOW
（レーベルフォーマットデザイン―ansyyqdesign）
印刷－中央精版印刷株式会社

価格はカバーに表示されてあります。

落丁乱丁の場合はアルファポリスまでご連絡ください。

送料は小社負担でお取り替えします。


ISBN978-4-434-31944-0 C0093